KB268648

박동현 판타지 장편 소설
FANTASY FRONTIER SPIRIT

# 안단테 칸타빌레 1

박동현 판타지 장편 소설

초판 1쇄 찍은 날 § 2007년 11월 20일
초판 1쇄 펴낸 날 § 2007년 11월 29일

지은이 § 박동현
펴낸이 § 서경석

편집장 § 문혜영
편집책임 § 유혜림
편집 § 서지현

펴낸곳 § 도서출판 청어람
등록번호 § 제1081-1-89호
등록일자 § 1999. 5. 31
어람번호 § 제1-0911호

주소 § 경기도 부천시 원미구 심곡1동 350-1 남성B/D 3F (우) 420-011
전화 § 032-656-4452팩스 § 032-656-4453
http://www.chungeoram.com
E-mail § eoram99@chollian.net



ISBN 978-89-251-1025-7 04810
ISBN 978-89-251-1024-0 (세트)

박동현 판타지 장편 소설
FANTASY FRONTIER SPIRIT

안단테 칸타빌레

1

도서출판 청람

# CONTENTS

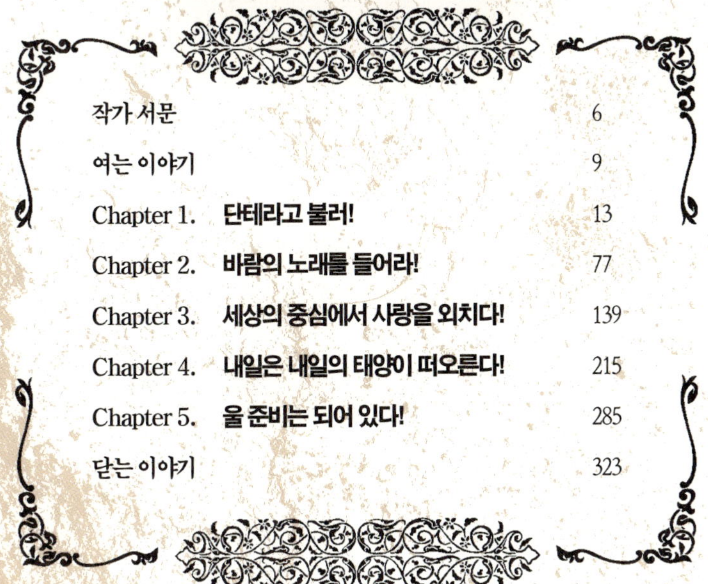

멜로디 왕국은 애스가라는 대륙에 있습니다.

크고 작은 왕국이 아웅다웅 자리를 잡고 있는 애스가 리버스의 배경이기도 합니다. 그중에서도 멜로디는 특히 작고 조그마한 나라, 떠들기 좋아하고 노래부르고 춤추기 좋아하는, 그런 평범한 사람들이 사는 나라입니다.

새삼스럽게 평민과 귀족을 나눌 것도 없이, 왕자님과 공주님은 바이올린을, 수상은 비올라를, 그리고 메이드 아가씨는 첼로를 들고 기분 좋은 4중주를 연주할 수 있는 그런 나라입니다.

그곳에는 언제나 자신은 평범하다고 주장을 하는 왕자님이 계십니다.

언제나 오만상을 찌푸린 채로 투덜거리는 왕자님의 이름은 안단테 칸타빌레입니다.

느린 템포의 안단테.

노래하듯의 칸타빌레.

느리게 노래 부르듯, 천천히.

그렇게 평온한 삶을 살아가고 싶은 왕자님입니다만 세상은 만만치 않습니다.

어쨌거나 이런 멜로디 왕국에서도 위기가 닥칩니다.

고인 물이 썩었던 걸까요, 새삼스럽게 둑이 터진 결과일까요, 그게 아니면 사실은 압제가 있었던 걸까요?

이런 의문에 대해 해답을 내놓지는 않습니다.

그것은 이제 단테가 나가야 할 이야기이니까요.

자, 이제 안단테 칸타빌레의 이야기가 시작됩니다.

여러분도 이 고민 많은 왕자님의 좌충우돌 멜로디 왕국 재건기에 동참해 주시기 바랍니다. 감미로운 선율에 몸을 맡겨 천천히 주변의 배경을 감상하듯 그렇게, 바쁜 일상에서 조금 여유를 갖고 읽을 수 있는 그런 글이 되기를 바랍니다.

끝으로 항상 격려와 질책을 아끼지 않았던 이진숙 양과 인연의 고리를 만들어주신 문정흠님, 그리고 제 부족함을 메워주셨던 유혜림님, 편집에 고생 많으셨던 서지현님께 마음으로부터 감사를 전하고 싶습니다.

박동현 올림

## 여는 이야기

그렇게 먼 나라 이야기는 아니지만 생각보다 가깝지도 않은 어떤 나라의 이야기입니다. 애스가의 서쪽에는 멜로디라는 작은 왕국이 있습니다. 멜로디 왕국은 이렇다 하게 내세울 것은 없어도 평화로운 곳입니다.

아니, 내세울 것이 없어서 평화로운 걸까요?

아무튼 그곳에는 어진 정치를 하는 인자한 임금님이 계셨고, 우아한 왕비님이 계셨습니다. 임금님은 너무나 자상하신 분이라서 언제나 왕비님의 말에 귀를 기울이십니다. 혹자는 임금님이 기가 약해서 실상은 왕비님이 뭐든 일을 멋대로 휘두르고 있다는 말도 있기는 합니다만, 그런 건 오해임이 틀림없다고 생각합니다.

그리고 임금님은 슬하에 두 명의 왕자님과 한 명의 공주님이 있었습니다. 첫째 왕자님은 어질고 총명해서 다음 왕으로 손색이 없었고, 공주님도 아름답고 현명하기가 왕국 제일이었답니다. 들리는 소문으로 첫째 왕자님은 상황에 등을 떠밀린 것뿐이고, 공주님도 예쁜 것 빼고는 성격 더럽다는 이야기도 있기는 합니다만, 본래 떠도는 소문은 믿을 게 못 되는 법이랍니다.

그리고 둘째 왕자님은,

흐응.

글쎄요.

그렇게 잘생긴 것도 아니고 이렇다 할 재주도 없기는 합니다만, 그래도 그 멋진 임금님과 왕비님의 아드님이니 틀림없이 뭔가 대단한 재능이 감추어져 있지 않을까요? 그러니 둘째 왕자님도 언젠가 빛날 것이 틀림없어요.

이건 마땅히 꾸밀 말이 없어서 적당히 지어낸 말이 아니에요.

지금 평범한 만큼 앞으로의 발전 가능성은 무궁무진하답니다.

네에, 그럼요!

멋진 왕자님이라니까요.

다듬어지지 않은 고귀한 원석이랍니다.

왕위 계승 문제로 나라가 시끄러울까 봐 몸소 옆 나라의 아카데미에 들어간 멋진 왕자님인걸요. 그런 둘째 왕자님이니까

고된 시련과 역경을 극복하고 훌륭한 인물로 성장해서 장차
일어날지도 모르는 왕국의 위기를 구해줄 거라고 우리는 믿고
있답니다.
　틀림없어요.
　아마도…….

# CHAPTER 01
## 단테라고 불러!

"자네는 퇴학일세."

학장은 딱 잘라 말했다.

햇빛이 쏟아지는 창가를 배경.

자못 위엄이 있는 자태로 등을 돌리고 서 있던 학장은 단테가 문을 열자마자 그렇게 말했다.

느닷없다고 해야 할지, 도대체 어떻게 돌아가는 상황인지 모르겠다고 해야 할지… 얼이 빠져서 '에에?' 하며 멍하니 자신을 바라보는 단테를 향해 천천히 고개를 돌린 학장은 별안간 턱을 쓰다듬더니,

"아아, 미안. 잘못 말했네."

서류를 뒤적거리며 덧붙여 말했다.

그 말에 단테는 가슴에 손을 얹고 안도의 한숨을 내쉬었다.

"하아, 그렇죠? 순간 깜짝 놀랐습니다."

"자네는 제적일세."

"…어라?"

그러나 숨 돌릴 틈도 없이 학장은 뒤적이던 서류를 내밀며 다시 한 번 분명한 어조로 말했다.

"자, 서류 받아가게."

"벼, 별안간 무슨 말씀이십니까, 학장님?"

"얘기하자면 꽤 길어지는데, 괜찮은가?"

"괜찮습니다! 그러니까 이 별안간의 진행을 설명해 주시지요!"

간신히 평정을 유지하며 단테는 학장에게 받은 서류를 펼쳐 보았다. 그것은 틀림없는 단테의 학적 기록부로, 특별히 잘하는 것도 없지만 특별히 못하는 것도 없는 그의 성격을 그대로 보여주고 있었다.

학장은 '흐음' 하고 다시 턱을 쓰다듬고는 조용한 어조로 입을 열었다.

"멜로디 왕국이 망했다네."

"…헤?"

느닷없는 폭탄선언에 얼이 빠진 멜로디 왕국의 왕자 단테를 힐끗 쳐다본 학장은 고개를 다시 창가로 돌렸다.

"뭐, 그런 거지."

"그러니까, 지금 뭐라고 하신 건지……."

"정확하게는 쿠데타가 일어났다네. 수상과 수석 마도사가 연합을 해서 반역을 일으켰다고 하더군. 그 결과 멜로디 국왕을 폐위했다고 하던데."

"아, 아니, 지금 무슨 말씀이신지 정말 알아들을 수가……."

"알다시피 우리 아카데미의 입학 조건은 유력 가문의 자제로 한정하고 있지 않나. 그런데 자네는 이제 폐위된 국왕의 아들이니 더 이상 왕자도 아니고 말이지. 그렇다면 아무래도 문제가 있어서 말이지. 뭐, 그런 이유니까 제적이네."

"……."

가볍게 말하는 학장의 저편에는 맛이 간 생선의 눈을 하고 있는 단테가 있었다.

"하지만 단테 군, 꿈을 포기하지 말고 살게나. 자네는 왕국의 바람, 꿈의 결정체, 미래의 원석이라네. 이 학장은 언젠가 자네가 빛날 것을 굳게 믿고 있다네!"

강경한 어조로 주먹을 불끈 쥐고 학장은 단테의 어깨를 두드렸다.

"하?"

그 응원에 간신히 정신을 차린 단테는 학장을 바라보았고,

그 시선을 똑바로 마주 대하며 학장은 힘차게 고개를 끄덕였다.

"그래서 자네의 자리를 다시 되찾게나! 그리고 돌아오게!"

"…그러면 다시 복학도?"

"아니. 그래도 복학은 안 되지만."

조심스럽게 묻는 단테의 말에 학장은 손사래를 쳤다.

마지막 희망의 불씨마저도 깨끗하게 꺼버리는 학장이었다.


단테는 맛이 가 있었다.

유학을 왔을 당시에 구입했던 시내 외곽의 커다란 저택에서 햇살이 내리쬐는 창가에 놓여진 의자에 몸을 맡긴 채로 멍하니 광합성을 하고 있는 것이었다. 그것이 그날 오전 학장에게 불려가 제적을 통보를 받은 후부터 줄곧 그래왔으니, 반나절은 족히 넘는 시간이었다.

이제 슬슬 뉘엿뉘엿 저물어가는 석양을 바라보며 단테는 비로소 '핫!' 하고 정신을 차린다.

"…쿠데타인가……."

단테는 어깨를 축 늘어뜨린 채로 중얼거렸다.

그의 본래 이름은 멜로디 안단테 칸타빌레.

멜로디 국왕의 차남이었다.

"폐위가 되었다는 말을 미루어보면 아버님과 어머님은 일단 무사하시겠지. 수상과 수석 마도사의 성격을 생각하면 믿을 수 없는 일이지만, 일단 그래도 사실은 사실!"

단테는 의자에서 일어나 창가 주변을 서성거리며 중얼거렸다.

"특별히 실정한 것은 없다고 생각하니까 조만간 추방 정도로 끝내지 않을까 싶지만……. 어째서 일이 그렇게 된 걸까?"

단테는 멍하니 창밖을 바라보았다.

질문을 해보아도 혼자인 집에서 대답은 들리지 않는다.

하나뿐인 하우스 메이드도 아까 저녁 반찬 준비한다고 시내로 나갔던 것이다.

"뭐, 이렇게 걱정해도 소용없겠지."

그런 결론을 내린 단테.

다시 의자에 앉아서 다리를 꼰 채로 턱을 괴었다.

"어차피 벌어진 일이니까 걱정하는 쪽이 손해. 그렇다면 내 살 궁리를 하지 않으면 안 된다는 애기인데……."

저절로 찌푸려지는 인상.

"유학을 떠났을 당시에 받은 돈이 평생 쓸 만큼은 되었고, 펀드로 잘 넣어두었으니까 뭐, 내가 특별히 사치하지는 않았으니 그럭저럭 괜찮지 않을까나."

알뜰한 단테였다.

"그러고 보니……."

일단 가볍게 결론을 내린 단테.

실타래처럼 얽힌 생각이 조금은 풀리자 싶으니 여유가 생겨 창문을 열고 창틀에 상체를 기댄 채로 못다 한 생각을 떠올렸다.

"동생은 무사한 걸까?"

"오라버니이이!"

쾅!

말이 떨어지기가 무섭게,

"에엑?"

거친 기세로 문을 걷어차며 들어오는 사람이 있었다.

아름다운 금발을 씩씩하게 휘날리며 뒤로 뺀 손에는 단테의 유일한 메이드 아리사의 멱살을 질질 끌며 들어왔다. 문을 차고 들어온 화려한 외모의 여자와 수수한 미모의 아리사는 상당히 대조적인 미인이었다.

차분하게 올린 머리 스타일이 잘 어울리는 아리사는 언뜻 어려 보이지만 단테와 동갑이었다. 채소 따위가 든 종이봉투를 껴안은 아리사는 평소와 다름없는 엄청 한가한 듯한 미소를 떠올리며,

"…저어… 놓아주세요… 피아레 공주님."

"시끄러!"

아리사의 말을 피아레라 불린 여자는 가볍게 무시한다.

깜짝 놀란 단테는 자리에서 벌떡 일어나려다가 의자에 무릎을 찍고,

"우왓!"

아픈 무릎에 눈살을 찌푸리며 단테는 벌떡 일어서서 외쳤다.

"피아레?!"

말이 떨어지기가 무섭게,

"복수예요, 오라버니! 멱살입니다!"

가운뎃손가락을 힘차게 치켜 올리며 단테의 여동생 피아레는 단호한 어조로 그렇게 외쳤다.

"에엑? 갑자기 무슨 소리야?"

"끔찍한 일이 벌어졌다구요오옷!"

"윽! 진정하고 내 목은 그만 졸라! 아니, 그것보다 무사했던 거야?"

"정의는 그렇게 쉽게 무너지는 것이 아닙니다!"

자못 위험한 대답을 날리며 피아레는 힘차게 왼발을 구른다.

척 보기에는 15세가량의 상당한 미인이지만 성격은 보다시피…….

피아레는 왼손을 꿋꿋하게 세우며 분명한 어조로 말했다.

"시내의 정의를 수호하러 가던 와중에 쿠데타 이야기를 듣고 바로 탈출했습니다!"

"…아, 그래."

태클 걸 문제가 하나둘은 아니지만… 어쨌든 그런 동생이니 일단 패스.

"애플 티 두 잔."

단테는 바로 옆에 서 있는 아리사에게 차를 부탁하자,

"아, 나는 얼그레이! 차게. 비스킷도 부탁해."

힘차게 파이팅 자세를 취하던 피아레도 한마디.

"…네에."

환하게, 하지만 어딘지 멍해 보이는 미소를 날리며 아리사는 부엌으로 총총 걸어갔다.

"일단 앉아서 얘기하자."

"아니, 왕국이 위기에 빠진 이 순간에 어찌 편히 앉아 있을 수 있겠습니까?"

자리를 권하는 단테의 말에 먼 곳을 향해 검지를 힘차게 내미는 피아레.

"…그러면 홍차도 문제가 좀 있다고 보는데."

저도 모르게 태클을 거는 단테의 말에 피아레는 가볍게 손을 좌우로 저으며,

"아니. 그건 그거, 이건 이거."

"그, 그러냐?"

"여하간!"

어이없어하는 단테의 반응은 가볍게 무시.

피아레는 왼손을 길게 뻗어 하늘을 향해 치켜 올렸다.

"무엄하게 국왕 폐하의 정통성에 이의를 제기한 이 발칙한 어둠의 무리는 싹 쓸어서 즉결 심판으로 화형! 불로 태워서 재도 안 남게 없애 버리는 겁니다, 오라버니!"

"……."

저도 모르게 찌리릿 노려보는 단테의 시선에 '핫!' 하고 정신을 차린 피아레는 입을 가린 채로 조용히 헛기침을 하고는,

"그렇죠? 이건 좀 문제가 있네요. 상대는 흉악한 반역 도당의 무리! 화형으로 깔끔하게 처리한다니 생각만 해도 너무 후하네요."

넘겨들을 수 없는 말에 단테는 한숨을 내쉬고,

"…이봐, 동생 씨."

"그래요, 오라버니!"

피아레는 '후후' 하고 해맑은 미소를 지으며 기쁜 얼굴로 말했다.

"일단 손톱과 발톱을 바이스로 잡아 뽑은 뒤에 혀를 적당히 자르고 인두로 조금씩 지진 뒤에 실컷 괴롭혀 주는 겁니다! 후후, 쉽게 죽지는 못하게 할 거예요."

"아닛, 그래도 한때는 공주님이었던 녀석이!"

"무슨 소리를 하는 겁니까, 오라버닛! 저는 지금도 여전히 공주라고요!"

"…너, 직위상으로는 대신관 아니었냐? 그런 녀석이 이런 이야기를 홍조를 띠며 즐겁게 떠들어도 되는 거냐?"

"아니, 정의는 다릅니다."

질려 하며 중얼거리는 단테의 말에 피아레는 손을 들어 가로저었다.

" '악의 무리에게 인권은 없습니다. 싸잡아 박멸! 모조리 멸살입니다!' 라는 스승님의 가르침이 있었습니다!"

"원흉이 스승이었냐?"

단테는 저도 모르게 이마를 짚었다.

"대체 여자 애에게 무슨 쓸데없는 지식을 넓혀주는 거야."

"그런 이유로, 오라버니! 악, 즉 참! 그 못된 짐승의 무리에게 멜로디 왕국의 정의를 알려주는 겁니다!"

머리에 피가 너무 몰린 걸까?

"…얼그레이와 애플 티 준비했습니다, 왕자님."

돌연 날뛰기 시작하는 피아레의 저편에서 아리사가 쟁반을 들고 왔다.

"고마워, 아리사. 아참! 그리고 나 이제 왕자가 아니니까 그냥 단테라고 불러."

단테의 말에 아리사는 고개를 갸웃하더니,

"…그게 무슨 말씀이세요, 왕자님?"

"아버지가 폐위당하셨대."

어깨를 으쓱하는 단테의 말에 고개를 갸웃하는 아리사.

"…하지만요."

이윽고 그녀는 가슴께로 모은 두 손에 쟁반을 가만히 든 채로 우물쭈물하며,

"…제게 왕자님은 어디까지나 왕자님이신걸요."

하며 애처로운 미소를 지으며 말했다.

"…헤에?"

그 반응에 가자미눈을 하고 돌연 단테를 쳐다보는 피아레.

땀을 뻘뻘 흘리는 단테를 지그시 바라보며 아리사는 말한다.

"…마음속 깊이 왕자님이니까요. 그러니까 별안간 왕자님이 아니라고 주장하셔도… 정말이지, 곤란해요, 왕자님."

기울인 뺨에 손을 갖다 대며 한숨을 내쉬는 아리사의 반응에 단테는 관자놀이를 꾹 누르고,

"아니, 안 된다니까."

"…그런 억지를 부리시면 곤란해요, 왕자님."

정말로 곤란하다는 듯이 고개를 갸웃하는 아리사를 보며 단

테는 일단 침묵.

이윽고 한숨을 내쉬며 다시 입을 열었다.

"나는 내 이름을 불러주는 것이 가장 좋지만, 그렇게 단테라고 부르기가 어렵다면 다른 호칭을 써도 좋아."

하고 품위를 담아서 말했다.

"…하아?"

그 어조에 피아레는 눈을 가자미처럼 치켜뜨더니,

"그렇게 자신만만하게 말해도 멋져 보이지 않아요, 오라버니."

하고 딱 잘라 말했다.

"윽! 시끄러."

저도 모르게 어깨가 무너지는 단테를 보며 아리사는 입술을 미소의 형태로 모았다.

그리고는,

"…네에."

하고 잠시 숨을 고른 뒤,

"…주인님."

빙긋 웃으면서 분명한 목소리로 말했다.

"……."

"……."

"…에?"

"아니! 잠깐, 아리사!"

"…다른 호칭을 써도 좋아."

당황해서 허둥거리는 단테에게 그의 말투를 흉내 내는 아리
사.

"아, 아니, 아무리 그래도……."

"…다른 호칭을 써도 좋아."

"흡! 자, 잠깐, 아리사!"

"…다른 호칭을 써도 좋아."

삐질거리는 단테를 향해서 아리사는 표정없는 얼굴로 반복
해서,

"…그렇게 말씀하셨어요, 주인님."

단호한 어조로 말했다.

"우와아악!"

저도 모르게 머리를 감싸 쥐고 고개를 파묻는 단테.

피아레는 사뿐사뿐 카펫 위를 걸어서 다가오더니,

"오라버니."

인상을 찌푸리며 고개를 돌리는 단테를 보며 빙긋 웃었다.

"…라는데요?"

"즐겁냐?"

"네, 무진장."

방긋방긋 하트를 날리는 피아레를 배경으로 단테는 일단 침
묵.

끼이익 고개를 옆으로 돌려 창밖을 내다보았다.

해는 어느덧 저물어 땅거미가 뉘엿뉘엿.

"아아!"

깊은 한숨 한 번.

어째서 이렇게 나만 불행해지는 걸까?

진지하게 질문을 던져도 대답해 주는 사람은 없다.


"고민하게, 청춘이여! 해답은 늘 자신이 찾으면 안 된다네. 그러나 잊지 말게, 등록금은 2월까지라는 사실을!"


뭐야 어쨌든 앞은 그럴듯했던 교장의 훈시를 떠올리던 그 순간,

와장창!

"아닛!"

거실의 창문이 깨지며 시커먼 그림자가 등장한 것은 바로 그때였다.


"호호호!"

기분 나쁜 웃음소리를 내며 등장한 것은 십여 명에 달하는 복면인이었다.

"벌써 추격자가?!"

깜짝 놀라 외치며 단테는 아리사와 피아레를 가로막으며 테이블을 발로 걷어찬다.

퍼억!

기세 좋게 날아가는 테이블을 또한 발등으로 밀어내는 선두의 복면인.

테이블은 그대로 옆으로 날아가 거실의 구석에 처박혔다.

"누가 보낸 거지?"

"…설마 모른다고 말하는 건가?"

조용히 묻는 단테의 말에 선두의 덩치가 유난히 좋던 복면인이 어깨를 으쓱하며 대꾸한다.

아마도 그가 이 복면인 무리의 리더.

"오라버니!"

"…잠시만요, 아가씨."

곧장 튀어나가려는 피아레의 팔을 잡아당긴 사람은 아리사.

의아해하는 피아레를 향해 보내는 아리사의 눈짓이 단테를 향한다.

"섣불리 도망칠 생각은……."

"아이스 스톰!"

더럽게 잘난 척하며 복면인의 리더가 입을 연 그 순간,

콰르르르!

"아닛!"

"우아아아앗!"

느닷없이 터진 단테의 주문이 복면인 무리의 중심에서 터졌다.

콰라라라랏!!

거실을 뒤덮고도 넘치는 무서운 기세의 눈보라가 몰아친다.

휘몰아치는 얼음 조각에 시야는 제로.

허겁지겁 흩어지는 복면인의 그림자를 언뜻 살피며 단테는

아리사와 피아레를 붙잡아 허겁지겁 다른 방으로 달린다.

"오라버니!"

"일단 따라와!"

콰앙!

항의는 일단 무시.

단테는 잠은 문 앞에 바로 옆의 장식장을 밀어 문에 덧댄다.

이것으로 일단 시간을 벌고,

단테는 서둘러 주문 구성에 들어간다.

"게이트!"

콰르르!

힘있는 말에 부응하여 단테의 바로 앞에 시커먼 어둠의 공간이 펼쳐진다.

"여기로!"

단테가 아리사와 피아레의 팔을 당기며 말하자,

"에엣! 이게 뭔데요?"

느닷없는 전개에 따라가지 못하고 피아레는 허둥대며 물었다.

그 말에 단테는 다급한 어조로,

"여기를 통하면 아카데미의 내 방으로 갈 수 있을 거야! 내 기술로는 한 번에 두 명이 한계니까 먼저 가서 기다리고 있어."

"하, 하지만……."

"어차피 나는 저 녀석들에게 할 말도 있으니까, 서둘러!"

"그럴 거면 나도 싸울 거예요, 오라버니!"

콰앙!

"…하?"

발끈하며 소리 지르던 피아레는 돌연 휘청하고 무너지고,

"…알겠어요, 주인님."

머리에 커다란 혹을 단 채로 정신을 잃은 피아레의 뒤에는 양손에 프라이팬을 들고 고개를 끄덕이는 아리사가 있다.

"고마워, 아리사."

"…그런 말씀 마세요."

쓴웃음을 짓는 단테를 보며 조용히 한숨을 내쉰 아리사.

정신을 잃은 피아레의 옷깃을 붙잡고 질질 끌며 게이트 안으로 사라졌다.

그리고,

파아아앙!

기다렸다는 듯이 문이 부서진다.

"타이밍 좋네."

단테는 투덜거리며 훌쩍 뒤로 물러선다.

"이놈이이잇!"

그러자 문을 박차며 뛰어들어 오는 복면인들.

"붙잡아!"

가장 먼저 들어온 리더의 외침에 따라 복면인들은 좌우로 흩어져 단테는 향해 접근한다.

달려오는 녀석의 수는 모두 여섯.

재빨리 터뜨린 아이스 스톰에 휩쓸린 것인지, 아니면 기회를 보고 숨어 있는 것인지 모르지만 일단 그 수는 반으로 격감.

"흥!"

일단 벽까지 물러서 있던 단테는 놈들이 뛰는 것에 맞춰 벽에 걸려 있던 장검을 칼집째 들고는 오른쪽으로 뛰었다.

우측에서 단테를 향해 달려오는 놈은 둘.

좌측에 두 명.

우측에 두 명.

정면의 리더를 포함해 두 명으로 각각 나누어 포위를 할 셈이겠지만, 어림없다!

"하아앗!"

퍽!

가슴에 칼을 모으고 재빨리 찌르는 자세를 취한 놈을 향해 단테는 놈의 턱을 칼집째로 후려친다.

"크악!"

설마 칼을 뽑지도 않고 그대로 휘두를 것은 생각 못했던 듯,
퍼억!

복면 틈으로도 또렷이 보일 만큼 휘둥그레 놀란 눈을 한, 편의상 복면인 A는 그대로 날아가 뒤따르던 동료와 부딪친다.

"우왓!"

얻어맞은 동료와 부딪쳐 포개진 채로 뒷걸음질 치며 뒤로 물러서는 복면인 B.

허겁지겁 뒤로 물러서려던 놈을 향해 단테는 몸을 낮추고 접근해서,

파칵!

힘을 실은 단테의 발차기가 정신을 잃은 복면인 A의 배에 꽂힌다.

"쿠왁!"

신물을 토하며 나가떨어지는 복면인 A와 B.

둘은 그대로 날아가 방벽에 세차게 부딪치고는 그대로 벽을 타고 미끄러지지만,

"하아앗!"

이것을 놓치지 않고 단테는 허공에서 액셀을 밟으며 뛰어올라 다시 한 번 복면인 A의 복부에 무릎차기를 먹인다.

"꾸에에엑!"

꼬치에 꿰어진 어묵마냥 세트로 맞는 복면인 A와 B.

하지만 다른 복면인들은 동요없이 단테의 뒤로 바싹 접근해서 달려든다.

"어림없다!"

찍은 무릎을 축 삼아 다른 발을 힘껏 뻗어 뒤돌려차기를 날리는 단테!

"히이익!"

찍은 것도 아픈데 거기에 파고드는 무릎에 A와 B는 얼굴이 새파랗게 변한다.

이것은 별안간 당한 C에게도 마찬가지.

"후읍!"

파캌!

제대로 꽂힌 발차기에 숨도 쉬지 못하고 고꾸라지는 복면인 C.

"젠장!"

하지만 아직 복면인 D와 E, 그리고 리더는 건제하다.

거친 소리를 토하면서도 행동에는 빈틈이 없다.

벽을 찍고 있는 단테를 삼면으로 감싸며 거칠게 압박하는 놈들.

그중 가장 먼저 접근하는 복면인이 단테의 얼굴을 노려 손바닥을 힘차게 펼친다.

"매직 미사일!"

흑마술사였던 걸까?

동시에 허공에 떠오르는 한 발의 매직 미사일.

그러나 단테는 이미 놈의 구성을 파악하고 있었다.

힘있는 말을 외치는 리더를 향해 단테는 용서없이,

"파이어 월!"

콰르르르르!

단테의 주력에 부응하여 바닥을 뚫고 시뻘건 화염 기둥이 솟구쳐 올랐다.

"꾸에에에에에엑!"

이것에 휩쓸려 떼굴떼굴 구르는 복면인 D와 E.

"제길!"

간발의 차이로 피한 리더.

퍽!

그러나 재빨리 바닥에 내려앉은 단테가 탄성을 이용해 다시 뛰어올라 돌려차기를 먹이고,

"크으윽!"

허리를 얻어맞고 일순간 비틀거리는 리더.

파캉!

주력이 흐트러져 허공에 정지한 매직 미사일을 단테는 칼등으로 후려쳐 격추시킨다.

"…이럴 수가?"

전원 리타이어.

순식간에 벌어진 상황에 리더는 할 말을 잃고 신음한다.

"…이렇게 강하다니……!"

"아, 시끄럽고. 더 보여줄 재주가 없으면 슬슬 불어보시지 그래, 누구 사주인지?"

신음하는 리더의 말을 자르며 냉랭하게 대꾸하는 단테.

"크흐흐! 물론 이것이 끝이 아니다!"

그 말에 리더는 낮게 웃으며 오른손을 번쩍 치켜들어 올렸다.

동시에 허공에는 시커먼 암흑이 펼쳐지고,

"나와라! 나의 충실한 부하!"

촤라라랏!

외침과 동시에 리더의 등 뒤에서 시커먼 그림자가 일렁거

렸다.

"……!"

느닷없는 전개에 말없이 뒤로 물러서는 단테.

어둠은 불길 속에서 그대로 대지에 가라앉아 이윽고 하나의 원을 그리고, 그 안에 복잡한 마술의 인을 그리기 시작했다.

콰르르르르!

번개가 내리치고 어둠이 휘몰아친다.

그리고 마침내 완성된 마법진 안에서 시커먼 그림자가 비로소 모습을 드러냈다.

"무도한 바다의 패자, 크라켄!"

리더는 오른 주먹을 불끈 쥐며 힘차게 외쳤다.

쿠오오오오옷!

리더의 소환에 의해 불현듯 등장한 것은 저택을 가득 메울 듯한 거대한 문어 크라켄이었다.

"오오오오!"

느닷없이 등장한 소환물에 쓰러진 채로 환호하는 복면들.

하지만,

쿠오오오오오!

불길이 치솟는 저택.

그 안에서 등장한 문어.

나오자마자 바로 타버린다.

"쿠오오!"

그대로 불이 붙어, 맛있는 냄새 나기 시작하고,

"히이익!"

노릇노릇 구워진 소환물을 보고 절규하는 복면인.

"…이봐."

촉수를 꿈틀거리며 애처롭게 익어가는 크라켄을 보며 단테는 가자미눈을 한다.

"흐으윽!"

그대로 침몰하는 문어 구이를 배경으로 복면인들은 울먹이고,

"그래서?"

차갑게 시선을 돌려 묻는 단테.

"아, 아직이다!"

하는 반응에 리더는 흠칫 놀라면서도 허세를 부리며,

"나와라, 나의 동반자여! 우드 골렘!"

크오오오!

동시에 다시 한 번 떠오르는 불길 속에서 마법진.

거친 울부짖음과 함께 등장한 것은 정말로 우드 골렘.

두터운 나무로 이루어진 그것은 생명이 없는 술사의 창조물.

소환자의 마력이 존재하는 한 불사!

쓰러뜨리고 싶다면 골렘의 머리에 쓰여진 Emeth, 진실이라는 글자의 E 자를 지워 Meth, 죽음으로 되돌릴 수밖에 없지만.

크오오오오!

불길에 휩쓸려 허우적거리며 그대로 타서 사라지는 우드

골렘.

"아앗! 우드 골렘이이이잇!"

퍼억!

"타기 좋은 것만 소환해서 어쩌자는 거야아아앗!"

오열하는 리더의 머리를 칼집으로 후려치는 단테.

"우힉!"

리더는 데굴데굴 굴러서 구석에 처박힌다.

"정말이지…….."

어깨를 으쓱하고 리더에게 걸어간 단테는 리더의 멱살을 잡고 들어 올렸다.

"다시 한 번 묻겠는데, 누구의 사주지? 수석 마도사야, 아니면 수상이야?"

"크윽! 그, 그건… 모른다."

냉정한 어조로 묻는 단테에게 리더는 이윽고 입술을 깨물며 그렇게 대답했다.

"…하아?"

"저, 정말 모른다! 우리는 그냥 부탁을 받아서 도와준 것뿐이야!"

"무슨 헛소리를 하는 거야? 부탁을 받아서 도움을 주다니? 너희들이 무슨 자원봉사자라도 되는 되야?"

"바로 그렇다!"

질려 하며 묻는 단테의 비아냥에 리더는 돌연 힘차게 고개를 끄덕이며,

“사회를 위해 자원봉사자가 있듯이 암흑을 위해 우리 또한 존재한다! 연인을 빼앗기고 슬퍼하는 사람들을 위해 몰래 달려가 때려주고, 돈을 받지 못해 곤란해하는 사람을 위해 몰래 달려가 때려주고, 갖고 싶은데 주인이 있어서 머뭇거리는 사람을 위해 몰래 달려가… 헉!”

빠득!

헛소리를 잔뜩 늘어놓는 리더에게 말없이 넥 브리커를 먹이는 단테.

“헛소리 작작해, 이 바보야아아앗!”

기이한 형태로 목이 꺾인 놈에게 단테는 소리친다.

“그런 게 바로 암살자 집단이잖아! 세상을 우습게봐도 정도가 있지, 잔뜩 범죄를 저지른 주제에 자기들이 범죄를 저지른지도 몰랐다고 헛소리를 할 셈이야아앗!”

“…어라?”

완전히 열받아 날뛰는 단테의 반응에 돌연 몸이 굳은 복면인 일당.

“…우리가 하는 행동이 범죄입니까?”

퍼억!

“이 바보들이이잇!”

의아해하며 서로를 바라보며 묻는 말에 단테의 발차기가 날아간다.

“그런 몰골로 다니면 치안대가 쫓아오고, 도망치거나 했을 거 아니얏! 그런데도 몰랐다고?”

"으잉? 하지만 그거야 자원봉사란 남들이 모르게 하라라는 모토로……."

빠각!

여전히 정신을 못 차리고 헛소리를 하는 리더를 향해 말없이 근처의 탁자로 머리를 내려치는 단테.

소리없이 침묵한 리더에게서 단테는 고개를 돌리고,

"…정말이지."

파이어 월로 불길이 치솟기 시작한 저편으로 눈길을 던졌다.

"이렇게 남의 집을 멋대로 불태워 버리다니……."

그렇게 말하며 조용히 한숨을 내쉬고,

"…그렇다면 마음먹었던 리폼을 네 녀석들을 족쳐서 해내는 수밖에 없겠군."

"너 이 자식, 일부러 파이어 월을!"

눈빛을 번뜩이며 덧붙이는 말에 리더는 절규한다.

"그래서?"

그 말에 무릎을 쪼그리고 리더의 앞에 앉아 빙긋 웃는 단테.

"이런 짓을 저지른 주제에 쉽게 넘어갈 것 같아? 당연히 너희들이 지금까지 챙긴 의뢰비를 보상비 삼아서 전부 몰수할 거니까 관리들에게 끌려가기 싫으면 얌전히 내놔."

"히이이이이이익!"

눈만은 웃지 않고 덧붙이는 말에 복면인 일동의 절규는 저 멀리 울려 퍼졌다.

"운명은 그대의 손에 있네."

문을 열자마자 학장은 등으로 말한다.

시간은 오후의 한때.

쏟아지는 햇살로 따사로운 기운을 맞으며.

학장은 고개도 돌리지 않은 채로 뒷짐을 지고 짐짓 나직한 어조로 입을 열었다, 근엄한 어조로.

"그대는 젊어. 하지 않으면 안 되는 일에 주저함을 갖지 말게. 내뻗은 손은 언제나 여신이 붙잡아줄 터이니 뒤를 돌아보지 말고 주저없이 앞으로 걸어나가게."

"하?"

학장은 단테의 어깨에 두 손을 얹고는 조용히 미소 지었다.

"그러니 등록금을 돌려달라는 말은 접어두게나."

"……."

등 뒤에 쏟아지는 햇살의 배경.

상큼한 미소를 날리는 학장을 단테를 말없이 바라보았다.

"흐음."

느닷없는 소리에 단테는 말없이 관자놀이를 짚었다.

복면인들이 가진 돈을 전부 강탈한 뒤,

"너 이 자식! 절대 잊지 않을 테다아아앗!"

울부짖는 놈들을 관리들에게 넘겨서 이중 수입을 챙긴 단테가 그 뒤 찾은 곳은 아카데미의 학장실이었다. 일단의 추격자는 처리했다고 해도 이것이 끝이라고는 누구도 장담할 수 없다. 멜로디 왕국에서 자객을 보낸다면 적어도 피아레와 아리사는 안전한 곳에 피신시키지 않을 수 없다.

그렇다면 치외법권인 아카데미.

단테는 그 문제에 대해 논의하기 위해 학장실을 찾은 것인데, 단테와 마주친 학장이 대뜸 꺼낸 말은 보다시피 그런 이야기였다.

"이 학장은 언젠가 자네가 빛날 것을 굳게 믿고 있다네."

마침 그에 관련된 자료를 준비한 것도 있고,

그렇다면 이 문제를 더 파고들어서 전개를 유리하게.

"물론입니다, 학장님."

"하하! 이해해 주는구먼."

그렇게 결론을 지은 단테는 힘차게 어깨를 두드리는 학장을 보며,

"등록금, 돌려주십시오."

움찔!

생글생글 웃으며 던지는 말에 학장은 그대로 경직.

단테는 품에서 두툼한 종이봉투를 꺼냈다.

"받으시죠, 학장님."

주저주저하며 봉투를 받은 학장은 모서리를 뜯어 안에 든 서류를 쥐어 들고는,

"이, 이걸……."

삐끄덕! 무겁게 고개를 돌린 채로 묻는다.

"어디서 찾았느냐고 물으신다면… 도서관에 있더군요."

"흡! 다 폐기했다고 생각했는데……."

단테가 내민 서류는 초대 학장의 교칙.

물론 그 안에는 학생의 신분에 대해 적혀 있었는데, 그중 단테가 내민 것은 제적에 관한 내용이었다.

"초대 학장님이 정하신 교칙에 따르면 학생의 언행과 무관한 이유로 제적이 고려되었다면 등록금을 포함한 수업료 전액을 환불해 준다고 하셨더군요."

"으윽!"

학장의 뺨을 타고 주르륵 땀이 흐른다.

"그러니까."

단호한 어조로,

"등록금, 돌려주십시오."

단테는 학장의 눈을 똑바로 바라보며 말했다.

"…그러나, 제군!"

단호한 어조에도 학장은 지그시 눈을 감은 채, 먼 시선으로 창밖을 바라보며 다시 등으로 말을 이었다.

"이 세상은 젊은 자네가 헤아리지 못할 만큼 넓다네, 자네는 세상의 끝을 가보았는가? 물론 가보지 못했을 것일세. 그러니 알아두게. 이 세상에는 돈으로 해결되지 않는 것도 있다네."

"뭐, 그거야 그렇습니다만."

"그렇지? 자네도 이해해 주는 거지? 나는 틀림없이 자네가 이해해 줄 것으로 알고 있었다네. 그러니 지금 이 자리에서 선언하지. 이런 세속적인 근거 따위는 내가 이렇게! 이렇게! 해

주겠네!"

라고.

"자아! 이렇게! 이렇게!"

멋대로 할 말을 다한 학장이 하는 행위는 단테에게 건네받은 서류를 돌돌 말아서 근처의 촛불로 태워 버리는 것이었다. 학장은 멍하니 자신을 쳐다보는 단테를 향해서 얼굴 가득 웃음을 지으며 완전히 타서 없어진 서류를 손으로 비벼서 흩어 버렸다.

"……."

"흡, 흠!"

단테를 향해 말없이 헛기침을 한 학장은 다시 창가로 다가가 고개를 돌린 채,

"여기는 무슨 일인가, 제군?"

등으로 말했다.

"……."

아무 일도 없었다는 듯,

태연히 대사를 날리는 학장의 등을 향해 단테는 일단 한숨.

"여기."

단테는 다시 서류를 꺼내 들었다.

"흡!"

"등록금. 돌려주시죠."

"…하나가 아니었나?"

"일단 가져온 것은 이게 다 입니다만… 물론 더 있습니다."

무표정한 단테의 말에 학장은 삐질삐질 땀을 흘리며,

"제, 제법이군… 자네."

"뭐, 학장님만큼은 아닙니다만."

태연한 대꾸에 학장은 일순간 침묵했다.

상황이 여기에 이르면 어쩔 수 없는 일이다.

하는 수 없이 학장은 책상에서 등록금 대비표와 주판을 꺼냈다.

"으음, 등록금이 당시의 물가를 대비하면……."

"입학금도 넣으셔야죠."

"으윽! 그, 그럼 입학금에 등록금을 포함해서……."

"물가 상승분도 넣으셔야죠. 아참! 이자는 복리로 칩니다."

"……."

"여기 적혀 있지 않습니까? 물가 상승분을 포함하며 이자는 복리로."

웃으며,

"으아아아!"

서류를 짚어주는 단테의 말에 학장은 머리를 감싸 쥐었다.

"이렇게 쓸데없이 자세할 수가!"

"그러니까 입학금에 등록금을 가산하고, 물가 상승률을 지난해 대비 왕립통계원에서 올린 자료에 근거하고, 여기에 복리 이자를 계산하면……."

절망하는 학장 대신에 주판을 움켜쥔 단테는 빠른 놀림으로 주판알을 탕탕 튀기며 계산에 들어갔다. 계산이 끝나자 펜을 들어 종이에 계산을 알기 쉽게 옮겨 적었다.

"…대충 이런 금액이 나옵니다만."

단테가 내미는 종이를 받아 든 학장은 말없이 신음한다.

"이, 이건 뭔가 부조리하다고 생각하는데?"

"…뭐, 그건 확실히."

"그렇지? 그렇지? 자네도 그렇게 생각하는 거지? 그렇다면!"

"세상이 다 부조리하죠."

일말의 희망을 갖는 학장에게 단테는 태연한 어조로 용서 없이 받아쳤다.

"으아아아!"

"그리고, 학장님."

이 공격에는 견디지 못하고 좌절하는 학장을 보며 단테는 수강 과목이 잔뜩 적혀 있는 서류를 바닥에 펼쳤다.

그리고는 손가락을 왼쪽 끝에서 짚고는,

"여기에 덧붙여."

"엥?"

왼쪽에서 오른쪽 끝까지 손을 훑었다.

"여기서부터 여기까지를 더해야 합니다."

"히이익!"

단테의 가벼운 어조에 학장은 우당탕 뒤로 넘어졌다.

"자, 잠깐! 자네, 이걸 다 수강했다고?"

"아, 네. 의외로 겹치지 않아서."

"으윽! 확실히 이론적으로는 가능하게 만들어놓기는 했지만… 그, 그건 불가능한데?"

학장은 턱을 괴고 한참을 고민하더니,

"상성의 문제가 있으니 제대로 이수할 수가 없어."

이내 고개를 갸웃했다.

"그, 그래, 불가능하지! 핫! 그렇다면 자네, 제대로 수강 과목을 이수 못했겠구먼! 아, 그래! 그렇군! 아니, 그렇다면 등록금을 환불해 줄 수 없겠는걸? 이야! 이거 어쩔 수 없구먼. 나는 틀림없이 자네의 미래를 위해서 전액 환불해 주고 싶었는데……. 여기에 복리까지 확실히 더해서 계산해 주면 우리 재단의 뿌리가 휘청거릴 만큼 엄청난 타격이지만, 그래도 학생을 사랑하는 나는 전액 돌려주고 싶었는데… 알다시피 초대 학장님이 정한 교칙에 따르면 학생의 언행과 무관한 이유로 제적이 고려된다면이라는 단서, 여기에는 수업을 제대로 들어야 한다는 의미도 있지 않겠나? 암암! 그렇군. 이야! 이렇게 안타까운 일이 있나!"

"이수했는데요."

태연한 대꾸에 학장은 목을 끼이익 돌리고는 더듬거리며 물었다.

"…했어?"

"하나도 빠짐없이."

고개를 끄덕이는 단테의 말에 학장은 일순간 침묵.

"가, 가볍게 말하는데……."

이윽고 더듬거리며 말을 이었다.

"일반 과정이라고 해도 이수까지는 적어도 5년은……."

"그래서 올해 고급 과정으로 진급이 예정되었죠. 분명히."

"……."

대수롭지 않다는 대꾸에 학장은 일단 침묵.

허겁지겁 학적부를 뒤져서 단테의 기록을 찾았다.

그리고는 끼이익! 고개를 돌리더니,

"…진짜?"

"에에, 틀림없이."

무거운 어조로 묻는 말에 단테는 가볍게 고개를 끄덕인다.

"……."

공기가 얼어붙었다.

학장과 단테 사이에 생겨난 싸늘한 벽.

차분한 단테를 마주 보며 학장의 뺨에는 경련이 일어난다.

"흡흠."

이윽고 조용히 자리에서 일어난 학장은 다시 창가로 걷더니 햇빛을 등 뒤로 지고 지휘하듯 조용히 두 팔을 어깨 위로 끌어 올렸다.

"역사일세!"

"…에?"

"자네는 훌륭하군! 역시 나는 사람 보는 눈이 틀리지 않았네! 역시 자네는 다듬어지지 않은 원석! 이 학장은 자네의 노력에, 자네의 열의에 감동했네!"

별안간 두 눈에서 폭포와 같은 눈물을 콸콸 쏟으며 열의에
들뜬 어조의 학장.

"…그런 이유로."

성큼성큼 다가가 두 팔로 힘껏 포옹했다.

"하아?"

따라가지 못하고 눈을 가자미처럼 뜨는 단테를 애써 무시한
학장은 호주머니를 뒤적뒤적하더니 이내 무언가를 단테의 손
에 꼭 쥐어주었다.

"이걸 받게, 제군!"

"……."

손에 쥐여진 것은 하나의 목걸이였다.

새파란 빛이 반짝반짝 빛나는 목걸이는 흔한 보석은 아니지
만,

"이거… 수업료 대신?"

수업료 대신으로 생각하면 터무니없다.

골치 아픈 표정으로 한숨을 내쉬는 단테를 보며 학장은 허
리를 젖히며 웃었다.

"아하하! 자네, 농담도 잘하는구먼."

"…아닙니까?"

"그건!"

갸웃하는 단테를 보며 학장은 가볍게 고개를 끄덕이더니,

"마에스트로의 증표일세."

"…마에스트로?"

"아카데미는 모든 과정을 완전히 이수한 학생에 한해서 마에스트로의 증표를 내리는!"

라고 말하며,

"그것이 바로 이 목걸이!"

학장은 힘차게 손가락을 내뻗어 단테가 움켜쥔 목걸이를 가리켰다.

단테는 스스로 내뱉은 말에 취한 듯이 부르르 몸을 떠는 학장을 보며 어깨를 으쓱했다.

"…에에, 하지만 들어본 적도 없고."

"뭐, 거야 그렇겠지. 고급 과정까지 이수한 콘서트마스터라면 몰라도 마에스트로는 아카데미가 세워진 이후 한 명도 없었으니까."

"…한 명도?"

"아아, 그러엄! 나도 방금 생각났으니까."

끼이익.

질린 표정을 짓는 단테를 보며 학장은 힘차게 고개를 끄덕였다.

"모든 과정을 이수한 학생에 한해서 내린다는 마에스트로이긴 하지만 규정에는 모든 과정의 이수라고 썼으니, 돌려 말하면 일반, 고급, 그리고 지휘자 과정의 이수가 아니라 두루 걸친 모든 과정으로? 이거 써먹을 수 있지 않을까!"

거기까지 말하고는 잠시 쉬었다가,

"특별히 그렇게 생각한 것은 아니네."

이, 이 영감…….

자상하게 웃는 학장을 보며 단테는 울컥울컥.

"축하하네!"

학장은 엄지를 내밀며,

"이걸로 자네도 장한 졸업생! 그렇다면 학비는 없었던 걸로."

치열이 고르게 빛나는 상큼한 미소를 날렸다.

"하지만 걱정 말게. 자네의 등록금은 내 개인적인 주머니…가 아니라 학생들의 후생 복지에……!"

쾅!

"헉!"

"어라?"

벌컥 문이 열린 것은 그때였다.

그 앞에는 씩씩 콧김을 내뿜는 피아레.

그리고 여전히 무방비한 미소를 날리는 아리사가 서 있었다.


"내참!"

문을 걷어차고 들어온 피아레는 뛰는 걸음으로 달려와서는,

"진짜 못 들어주겠네!"

학장을 힐끗 쳐다보고는 소파에 두 다리를 꼬고 앉았다.

"아리사."

"…네."

그녀는 귀찮은 듯한 표정으로 아리사를 부르더니,

"척살이야, 아리사."

다리를 까딱거리며 가볍게 든 오른 손날로 자신의 목을 긋는다.

"…하아?"

"어, 어라?"

총총걸음으로 달려오는 아리사의 모습에 저도 모르게 어깨가 늘어진 단테와 학장.

그녀는 둘을 힐끗 돌아보더니 아리사를 바라보며,

"…네, 아가씨."

진지한 표정으로 천천히 고개를 끄덕였다.

"에엑?"

"히이익!"

허를 찔린 대꾸에 움찔 몸을 떠는 단테와 학장을 배경으로 아리사는 등 뒤에 감춰둔 프라이팬을 쓰윽 꺼내 들고는 스스슥 학장의 앞으로 다가가,

"…금방 끝나요."

"히이익!"

프라이팬을 들고 접근하는 아리사에게 맞춰서 흠칫 뒤로 물러서는 학장.

아리사는 피곤한 듯 한숨을 내쉬었다.

"…도망가시면 곤란해요."

"가만히 있어도 곤란하잖아앗!"

엉겁결에 소리를 높이는 학장을 보며 아리사는 잠시 갸웃하더니,

"…그렇지만 아픈 건 잠깐이고."

"잠깐이냐앗!"

"…뭐, 사소한 문제니까."

"하지 마! 하지 마아앗!"

시커먼 음영을 배경으로 거침없는 다가오는 아리사.

'…이건 꽤 무서울지도.'

속으로 중얼거리며 단테는 어쩔 수 없이 한숨을 내쉬었다.

"아리사."

"…네, 주인님"

부르는 말에 아리사는 일순간 정지.

빙글 돌아서는 두 손을 가만히 모은 채로 상냥하게 대답했다.

"나도 좀 패주고 싶기는 하지만."

단테는 머리를 긁적거리며,

"그래도 일단 그만둬."

일단 한숨.

"…카펫에 피가 묻으면 청소 아줌마가 힘들 테니까."

"그런 이유냐아앗!"

덧붙이는 말에 학장은 절규한다.

"뭐, 하기는."

"…곤란하겠지요, 아주머니."

"전원 납득이냐!"

선뜻 고개를 끄덕이는 피아레와 아리사의 모습에 학장은 울먹이며,

"그걸로 되는 거냐? 내 인권은? 내 존엄성은?"

"그런 번거로운 거 잘 모르겠고."

"해충은 박멸이라고 배워서."

딱 잘라 말하는 합창에 학장은 일단 침묵.

"핫!"

뒤늦게 떠올린 듯이 단테는 눈썹을 찌푸리며,

"일단 기다리라고 했잖아. 그런데 왜 온 거야?"

"추적 마술을 걸어둔 게 있어서 오라버니가 아카데미에 도착한 것은 벌써 알았는데, 아무리 기다려도 이쪽으로 오실 기미가 안 보이니까."

"…아가씨와 상의해서 뒤를 밟기로 했어요."

"미행했냐앗!"

"자네, 신용이 없군."

"…아무래도."

어느새 회복한 것인지 다정히 어깨를 두드리는 학장의 말에 한숨을 내쉰다.

"내 방이면 몰라도 일단 나오면 사람들의 눈에 띄었을 텐데?"

'둘 다 미인이니까' 라는 말은 차마 못하는 단테.

"예, 확실히."

갸웃하는 단테의 말에 피아레는 고개를 끄덕이고는,

"말로 해서 못 알아듣기에."

"…실력으로 전부 잠재웠어요."

역시나 무진장 가벼운 대답에 단테는 침묵한다.

"히이이익!"

돌연 패닉에 빠진 학장.

"여자 애 두 명에게!"

실제로는 피아레 한 명이겠지만.

태클을 걸고 싶지만 학장이 불쌍해서 단테는 일단 참는다.

"…주인님."

"응?"

부르는 소리에 고개를 돌리니 프라이팬을 움켜쥔 채로 우물쭈물 서 있는 아리사가 있었다.

그녀는 수줍은 듯 뺨을 붉히며 빈손으로 학장을 가리키며,

"…때리면?"

"안 돼."

머뭇머뭇 소매를 당기는 아리사에게 단테는 힘껏 고개를 좌우로 저었다.

그 반응에 그녀는 어쩔 줄 몰라 하며 손바닥으로 입술을 가리고는,

"…네에."

갸웃 고개를 기울이며 말했다.

"…베면?"

그렇게 말하며 내민 손에는 시퍼런 부엌칼이!

"안 돼, 안 돼."

다시 고개를 젓는 단테를 보며 아리사는 깊게 한숨을 내쉰다.

"…주인님도 차암… 우유부단하세요."

"……."

언어도단이라고 말하고 싶은 기분을 꾹 참으며,

"어쨌든 간에 학장을 베어버려도 해결되는 문제는 하나도 없어. 더구나 학장이 이런 걸 내밀어서 일이 좀 복잡하게 되었다고 할까?"

그렇게 말하며 단테는 목걸이를 내밀었다.

손끝에 걸려 흔들거리는 목걸이를 가만히 쳐다본 아리사는 이윽고 고개를 기울이며,

"…마에스트로가 되신 건가요?"

"뭐, 뭐, 아리사?"

"에엑! 어떻게 아는 거야, 아리사가?"

깜짝 놀라서 되묻는 말에 그녀는 다시 고개를 갸웃하며,

"…에에, 하지만 월간 메이드 5월호에서 읽은 기억이 있는걸요. 아카데미에 소속 중인 학생을 모시는 메이드의 상식 코너에서."

"에엑!"

"우, 우와!"

대단해, 월간 메이드!

"거기에 뭐라고 쓰여 있었어?"

"…에에, 그러니까요오… 지휘자 과정까지 이수한 학생에게는 마에스트로라는 직위를 내립니다. 이 직위를 받은 자는 아카데미를 대표하며… 교수에 상당하는 자격을 부여받으며… 평생 장학생으로 수업을 받을 수 있습니다."

"……"

"……"

"……"

가볍게 말하는 아리사의 말에 셋은 동시에 몸이 굳는다.

"핫!"

먼저 정신을 차린 단테는 그녀의 팔을 잡으며,

"그 말은 학비 전액 면제?"

"…네, 주인님."

"아차아앗!"

말이 떨어지기가 무섭게 학장은 머리를 감싸 쥔다.

생각 못했군, 학장.

"어쨌든 오라버니."

긁적이는 단테를 보며 피아레는 단호한 어조로,

"빨리 척살하고 정의의 길로!"

"히이익!"

"잠깐만 있어봐, 중요한 문제니까."

내미는 철퇴를 사양하며 단테는 학장을 부른다.

"학장님."

"…무슨 일인가, 제군?"

돌연 표정을 바꾸며 진지한 어조로 대꾸한다.

이제 와서 새삼스럽기는 하지만.

"에에."

일단 자존심일지도.

여러 생각을 떠올리며 단테는 말한다.

"학장님의 말씀하신 대로 제자리를 되찾으려고 합니다."

"그렇다면 오라버니!"

느닷없는 말에 팔짝 뛰며 매달리는 피아레.

"그래."

고개를 끄덕인 단테는 이윽고 학장에게 시선을 돌려,

"일단 그렇게 결심했으니 나아가야겠습니다만."

"뒤돌아보지 않고!"

"뒤는 돌아봐야지."

힘껏 주먹을 움켜쥐며 파이팅 포즈를 하는 피아레에게 바로 손사래를 치며,

"그런 이유로 일단 현자나 고위 흑마술사… 소개시켜 주시지요, 학장님."

웃으며 던지는 단테의 말에 학장은 잠시 뜸을 들이더니,

"등록금 대신?"

"…뭐, 일단."

잠시 갸웃하더니 단테는 말한다.

"핫! 그렇다면!"

말이 떨어지기가 무섭게 책상으로 달려간 학장.

뒤적뒤적 서류를 뒤적인 끝에 파일 폴더를 하나 찾아내고는 재빠른 손놀림으로 서류를 훑었다.

그리고 마침내 하나의 종이를 찾아내고는,

"여기 있었군!"

배경으로 팡파르라도 터질 듯한 포즈로 기뻐하며 다른 종이를 하나 꺼내 든다.

먼저 꺼낸 서류를 쳐다보며 학장은 빈 종이에 열심히 펜을 놀린다.

"헤에?"

갸웃하고 쳐다보는 모두를 배경으로 무시.

이윽고 펜을 놓은 학장은 종이봉투에 그것을 접어 넣고는 반지로 밀랍 봉인을 한다.

"자아!"

학장은 봉투를 단테에게 내민다.

"이것을 받게!"

"소개장입니까?"

"채무 위임서일세!"

"…하아?"

"자아, 이걸로 깨끗하게!"

"이게 대체……."

"작년에 흑마술 실무 강좌의 교수로 고용했었는데, 그 친구가 선금 받고 날랐거든."

담백한 말투에 단테는 말이 막히고,

"…그! 그, 그런 사람을 소개합니까, 보통?"

날뛰는 단테의 말에 학장은 움찔 물러서며,

"그래도 실력은 있는 사람이니까. 최연소 고급 과정 이수자이기도 하고."

말하며 점차 목소리가 가라앉더니,

"…내 딸이기도 하고."

기어들어 가는 목소리로 덧붙여 말한다.

"……."

"……."

"……."

"…그래도 실력은 있다니까!"

"……."

"……."

"……."

"…믿어줘! 정말이야!"

저도 모르게 울부짖는 학장의 말에 피아레는 눈썹을 찌푸린다.

"아리사."

"…네, 아가씨."

곧장 뛰어와 공손히 대답하는 아리사에게,

"저런 말도 안 되는 소리를 하는데, 어떻게 생각해?"

"…때릴까요?"

"안 된다니까."

훌쩍이는 학장을 보며 단테는 어깨를 으쓱했다.

"뭐, 일단 사람이 필요한 것이니까요. 판단은 만나보고 하면 되겠죠."

"핫!"

"오라버니!"

"…주인님."

결론짓는 단테의 말에 피아레와 아리사는 항의한다.

하지만 강경한 단테.

"내 말 들어."

"우우!"

"…네."

자르는 단테의 말에 일단 입을 다무는 둘.

"그러면 학장님!"

"…음?"

"신세 많이 졌습니다. 다음에 뵙겠습니다."

"오오!"

"등록금은 여기 계좌로."

끝맺는 말에 기뻐하는 학장에게 단테는 곧바로 품에서 메모지 하나를 꺼내서 손에 쥐어준다.

"…헤?"

종이 안에 단테 앞의 통장 계좌번호가 적혀 있는 것을 확인한 학장은 그대로 몸이 굳었다.

“…등록금 대신이라고.”

“아아, 일단.”

머뭇거리며 소매를 당기는 학장에게,

“…일단 충분히 생각해 본 결과.”

단테는 빙긋 웃으며 이렇게 말했던 것이다.

“마에스트로의 직위와 고급 과정의 이수, 그리고 등록금도 모두 돌려받는 걸로 결정했습니다.”

“히이익!”

“…멋져요, 주인님.”

“좋았어요, 오라버니!”

가만히 무릎을 모은 채로 방 안 구석에서 조용히 흐느끼는 학장을 배경으로 단테 일행이 기분 좋게 학장실을 나서려는 순간,

“잠깐.”

단테는 기묘한 예감에 모두를 멈춰 서게 했다.

“무슨 일이에요, 오라버니?”

묻는 말에 단테는 말없이 문을 노려보며,

“파이어 볼!”

콰르릉!

일순간 터뜨린 주문에 문이 불길에 휩싸여 날아간다.

“우아아악!”

동시에 저편에서 데굴데굴 구르며 나가떨어지는 그림자.

그것은 역시나 복면을 뒤집어쓴 자객들이었다.

그 수가 대략 스물.

"뒤를 부탁하네!"

와장창!

느닷없는 전개에도 조금의 동요 없이 창문을 깨고 힘차게 도망치는 학장.

"아, 빠르다."

저도 모르게 중얼거리는 피아레.

"너희들은!"

뒤늦게 정신을 차린 피아레는 복면인들을 향해 시선을 돌리며 외쳤다.

그 반응에 무리의 가장 정면에 있는,

"여기까지다!"

유난히 키가 작아 보이는 복면인이 피아레를 향해 손가락을 뻗으며 외쳤다.

"더 이상 물러날 데는 없다! 얌전히 대가를 치르거라!"

그 말에 피아레는 돌연 책상 위에 펄쩍 뛰어오르며,

"무슨 헛소리를 하는 거냐, 이 못된 악당들아!"

검지를 힘차게 뻗으며 받아친다.

"내 앞에 정의없고 내 뒤에 정의없다! 즉, 내가 바로 정의! 내 정의에 반기를 드는 네놈들이야말로 틀림없는 악당!"

"…너는 무정부주의자냐?"

흉악한 논리에 저도 모르게 태클을 거는 단테.

"그런데 놀랍군."

이윽고 놈들을 지그시 노려보며 단테는 말한다.

"아카데미는 치외법권이고 해서 가드가 만만찮을 텐데 용케도……."

그렇게 말하던 단테는 문득 어떤 사실에 생각이 미치고,

"……."

…그러고 보니 피아레가 전원 잠재웠다.

"에헷♡"

말없이 비난하는 시선에 두 뺨에 손을 올린 채 귀여운 포즈로 딴청을 피우는 피아레.

"…네놈이 자객을 고용한 건가?"

이윽고 시선을 돌려 묻는 단테의 질문에,

"바로 그렇다."

복면인 중에 앞서 말했던 키가 작은 남자가 한 발 앞서 나온다.

"…그렇다면, 당신들이 흑막이겠군."

묻는 말에 리더는 차갑게 웃으며 대답했다.

"그렇게 묻는다면 그렇다고 대답하지."

"…하나 애초에 잘못은 그쪽. 진 빚은 갚아주는 것이 도리."

라는 대답에 단테는 눈을 가늘게 뜬다.

"그 말은 요컨대, 쓰러뜨리고 대답을 구해라?"

"바로 그렇다네, 젊은이."

그렇게 말하며 키 작은, 아마도 복면노인은 훌쩍 뒤로 물러선다.

"쳐라!"

그것을 신호 삼아 동시에 좌우로 흩어지며 달리는 복면인의 무리.

"웹!"

"매직 미사일!"

개중에는 흑마술사도 있는지 사방으로 흑마술이 터지지만,

파아아앙!

떠오른 기술은 동료를 휩쓸리지 않게 하기 위해서인지 조악하다.

"아리사, 물러서!"

외치며 그녀의 앞을 가로막은 단테.

"디스펠 매직!"

퍼어엉!

"아닛!"

왼팔을 뻗으며 외친 주문이 허공에 터지며 단테와 피아레를 향해 쏟아지던 매직 미사일과 웹은 그대로 소멸.

단테는 기다리지 않고 곧장 다음 주문을 준비한다.

"하앗!"

그리고 그 틈을 노리며 달리기 시작한 피아레.

"홀드 퍼슨!"

기합을 내뱉으며 덤벼든 복면인의 검을 살짝 피하며 기술을 풀어낸다.

동시에 허공에 떠오른 십여 개의 포박.

"묶어라!"
양팔을 힘차게 교차시켜 내리뻗으며 피아레가 외친다.
외침에 부응하여 그것은 선두의 복면들을 묶어버리고,
"아니잇!"
"아이스 스톰!"
깜짝 놀라 물러서려는 복면인을 향해 단테가 준비한 기술이
터진다.
콰르르르르!
동시에 눈앞을 가득 메운 새하얀 얼음 폭풍!
숨 쉴 틈도 주지 않고 곧바로 놈들을 묶는다.
"물러서!"
기세에 힘입어 앞서 달리려는 피아레의 팔을 붙잡아 막으며
단테는 훌쩍 뒤로 뛴다.
이윽고 거친 눈보라가 그치고 눈앞에는 얼어 있는 그림자가
있었고, 그 뒤에는 침착하게 서 있는 여섯 명의 복면인이 있었
다.
"…제법이군."
전력의 반이 날아간 상황인 데도 침착한 리더.
"그렇다면 이쪽도 조금 진심으로 상대해 줘야겠군."
그렇게 말하며 천천히 오른손을 수평으로 올린다.
이윽고 조용히 달싹거리는 입술.
"…호오."
그 목소리에 귀를 기울인 단테는 이윽고 눈을 가늘게 뜨며

턱을 쓰다듬었다.

그 입이 중얼거리는 소리는 틀림없는 소환술.

"용서가 없는 심연의 눈동자여! 내 영혼을 걸고 그대를 소환한다!"

돌연 크게 외치며 바닥을 향해 손을 짚는 리더.

동시에 파팟! 하고 불꽃이 튀며 바닥에는 그의 손길을 따라 역 오망성이 그려진다.

"그렇군."

하고 조용히 중얼거리며 단테는 말없이 구성에 들어가고,

"나와라, 바질리스크!"

이윽고 리더의 말에 부응하듯 시커먼 그림자가 그 중심에서 솟구쳐 오른다.

마침내 모습을 드러낸 그것은 거대한 도마뱀을 닮아 있었다.

머리에 날카로운 계관을 단 그것은 사람의 키 정도는 훌쩍 뛰어넘는 거대한 크기에 어울리듯 악어의 턱처럼 생긴 주둥이를 좌우로 휘저으며 소리없이 울부짖는다.

"아닛!"

깜짝 놀라 주춤 뒤로 물러서는 피아레.

그러나 정말 놈이 무서운 것은 흰자위가 없는 그 시커먼 눈동자!

바질리스크는 노려보는 상대를 돌로 변하게 만드는 무시무시한 능력을 갖고 있다.

하지만,

"미러."

이미 주문을 완성한 단테.

파아앙!

놈의 시선이 이쪽을 향하자마자 기술을 풀고,

"와앗!"

돌연 허공에 떠오른 거대한 거울에 반사되어 리더의 등 뒤에 대기 중이던 복면인 전원이 돌이 된다.

"……."

느닷없는 전개에 할 말을 잃고 자신의 바질리스크를 바라보는 리더.

"용서가 없는 심연의 눈동자라면 메두사나 바질리스크라고 생각했지."

차분한 어조의 단테의 말에 말없이 신음하며 땀을 삐질삐질 흘린다.

바질리스크조차도 이 상황에는 당황한 듯이 시선을 피하더니 이윽고 소리없이 사라져 버렸다.

"아앗!"

순식간에 핀치.

"…그래서, 정체가 뭐야?"

입가에 경련을 일으키는 리더에게 단테가 차갑게 물었다.

"그렇군."

그 말에 리더는 돌연 쓴웃음을 지으며 말한다.

"그런 말까지 들으면 정체를 밝히지 않을 수 없지!"

그렇게 외치며 리더가 손을 뻗어 복면을 움켜쥔 그 순간,

퍼억!

달려온 단테의 발차기가 리더의 안면에 꽂히고,

"끄아아아악!"

느닷없는 일격에 저만치 벽까지 날려가 방벽에 처박히는 리더.

이윽고 벽을 타고 주르륵 미끄러져 바닥에 퍼져 버렸다.


"…으윽!"

이윽고 정신을 차린 리더.

돌아볼 것도 없이 복면은 벗겨져 있고, 잘 묶여서 무릎이 꿇려진 상태.

단테에 의해 정원 꽁꽁 묶여 굴비 두름이 되어 바닥에 퍼져 있는 동료를 힐끗 쳐다보고는 울먹이며,

"…저어, 복면을 벗으려는 순간 공격을 가하는 건 좀 비겁하지 않나요?"

서럽게 질문을 던지는 리더의 말에 단테는 눈동자를 돌린 채로 고개를 기울이더니,

"아, 미안."

명랑한 어조로 대꾸했다.

"크흐흑!"

그 말에 서러움이 복받친 리더는 소리 죽여 흐느낀다.

“뭐, 그건 그렇고, 그래서 당신은 대체 뭐 하는 사람이지? 복면을 벗겨보니 전원 평범한 얼굴. 딱히 어딘가의 암살자 씨들로는 보이지 않는데?”

“…크으윽!”

단테가 재촉하자 리더는 이윽고 한숨을 내쉬며 말을 꺼냈다.

“우리들은 여관 협회의 일원이다.”

…차갑게 공기가 얼어붙는다.

“어, 어라?”

허를 찔린 말에 말없이 시선을 돌리는 단테.

“알아듣겠냐?”

“그, 글쎄요?”

눈이 마주친 단테의 질문에 피아레 또한 땀을 삐질삐질 흘리며 대꾸한다.

“…그래서, 그 여관 협회 여러분이 어째서 이런 짓을?”

이윽고 입가에 경련을 일으키며 묻는 단테의 말에 리더 협회장은 한숨을 내쉬었다.

“그거야 당연히 그쪽 아가씨가 무전취식에 무전숙박을 해왔기 때문이다.”

“……”

라는 말에 단테와 아리사의 시선이 말없이 피아레를 향하고,

“아니잇! 무슨 소리를 하는 겁니까?”

“빠짐없이 여관에서 밥을 먹고 잔 뒤에 아침 일찍 도망쳤잖아아앗!”

허둥대며 묻는 피아레의 말에 협회장은 지지 않고 큰 소리로 받아친다.

“멜로디 왕국에서 여기까지 대체 얼마나 많은 여관에 피해를 입혔는지 알아아아아아!”

하고 울부짖는 협회장의 말에 피아레는 고개를 갸웃하더니,

“…하지만 그런 말이 있잖아요. 정의는 보이지 않게 행하라.”

“있어, 그런 말?”

“…저한테 물으신들…….”

단테의 질문에 난처한 표정으로 웃는 아리사.

“그렇다면 남몰래 하는 것이 정의! 즉, 지불 대금도 남모르게!”

“이 아가씨야아아아아아앗!”

그렇게 말하며 힘차게 주먹을 불끈 쥐는 피아레를 보며 저도 모르게 고함을 지르는 협회장.

이윽고 바닥에 쓰러져 흐느껴 우는 협회장을 배경으로 말없이 뺨을 긁적이며,

“…남모르게 어디에 낸 거야?”

“벽에 구멍을 파서 살짝.”

묻는 말에 피아레는 자신있게 대답한다.

“…아, 그래.”

"무슨 그런 말도 안 되는 정의가 다 있어? 네 녀석이 무슨 멜로디 왕국의 아피아체레 공주님이라도 되는 줄 알아아앗!"

이윽고 오열하는 협회장에 말에 피아레는 고개를 끄덕이며,

"네."

가벼운 대답에 협회장은 일순간 움찔하고,

"…예?"

"제가 아피아체레."

하며 환하게 웃는 피아레를 보며 회장은 완전히 굳어버린다.

그 모습을 보며 단테는 협회장의 어깨에 척하니 손을 얹고는,

"하지만 내 동생을 상대로 이 정도 피해로 끝났다는 것은 엄청 행운이야."

"그런 말도 안 되는 행운이 어디에 있습니까아아아앗!"

결국 협회장은 바닥에 쓰러진 채로 울며 절규했던 것이다.


축 늘어진 어깨를 하고 길을 걷는다.

보상금은 챙겼지만 집은 폐허.

불타는 아카데미를 배경으로 단테는 할 수 없이 걷는 길.

피곤한 마음.

너덜너덜한 단테.

"…검이 무거워."

"그럼 버리면 되지 않아요?"

당연하다는 듯한 피아레의 대꾸에 단테는 일단 침묵.

"……."

"핫! 설마 오라버니, 검도 쓰실 줄 알았어요?"

"…넌 대체 그러면 왜 나랑 같이 가자고 했던 거냐?"

찌리릿 노려보는 단테의 시선에 피아레는 돌연 얼굴을 붉히며,

"에에, 특별히 혼자 가기 심심해서 그랬던 것은 아니에요. 그, 그래요! 그런 겁니다! 그러니까 오해하시면 곤란합니다!"

상기된 얼굴로 버럭 화를 내는 피아레의 대꾸에 단테는 다시 침묵.

이윽고 이마에 분노의 마크를 띄운 채로 조용히 말한다.

"네 녀석의 잘못된 정의 때문에 날아간 내 집과 불쌍한 여관 협회 사람들에 대해서 조금이라도 반성을 해보는 게 어때?"

"아이참, 정말 오라버니는! 언제까지 과거에 매달릴 겁니까! 정의는 뒤를 돌아보지 않는 겁니다!"

돌연 파이팅 포즈를 취하며 어딘가 지고 있는 석양이라도 찾는 피아레.

하지만 시간은 아직.

결국 마땅한 것을 찾지 못한 피아레는 근처 바위에 한 발을 척하니 올리며,

"자아!"

검지를 뻗으며 또랑또랑한 목소리로 외쳤다.

"정의의 태양은 저렇게 타오르고 있잖아요!"

"그런 거 안 타올라."

"…에에, 그러니까요."

"아이참, 오라버니도! 분위기 좀 맞춰주면 안 돼요?"

"…주인님."

아리사가 팔을 잡아당긴 것은 때마침.

단테는 고개를 돌려 아리사를 바라보며 한숨을 내쉬었다.

"집이 불탔으니 더 이상 여기에 머물 수도 없고, 아리사에게는 정말 미안하게 됐어. 내가 근처에 재취직 자리를 알아봐 줄게."

"…싫은데요."

단테를 똑바로 쳐다보며 아리사는 머리를 좌우로 저었다.

"에?"

"…저는 주인님이 좋은 걸요."

뺨을 붉히는 아리사를 보며 단테와 피아레는 동시에 경직.

"핫?"

"에에엑?"

허둥대는 둘을 보며 피아레는 우물쭈물 덧붙였다.

"…접시를 깨거나 화병을 깨도 봉급에서 안 빼니까."

"그런 이유냐?"

"…하긴."

어깨가 축 처진 단테를 보며 피아레는 히죽 웃었다.

"뭐, 어쨌든 그렇다면 아리사도 함께 가면 되겠네."

"…네, 아가씨."

“멋대로 결정하지 마. 멋대로!”

한숨을 내쉬는 단테를 보며 피아레는 고개를 갸웃했다.

“안 돼요?”

“당연하지! 앞으로 어떤 일이 일어날지도 모르는데!”

발끈 화를 내며 단테는 덧붙여 말했다.

“너랑 달리 아리사는 연약하니까.”

“아니이잇! 지금 무진장 차별성 발언을!”

바둥대는 피아레를 뒤에서 껴안으며 단테는 다시 시선을 돌려,

“아리사.”

“…네, 주인님.”

“그러면 같이 갈래?”

“…네, 주인님.”

고개를 끄덕인 아리사는 잠시 뜸을 들인 뒤,

“…식사 준비할 사람도 있어야 할 테니.”

환한 어조로 덧붙이는 말에 단테와 피아레는 동시에 입을 벌렸다.

“읍!”

“핫!”

생각해 보면 가정적인 것과는 거리가 먼 둘이었다.

“그러고 보니.”

“그, 그렇네요? 긴 여행에 노숙은 필수일 테니.”

“그런 이유로 어쨌든 아리사와 함께…….”

"핫! 그러면 일단 제가 한 행동은 결과적으로 잘한 행동?"

"결과가 같다고 과정이 무시되냐?"

"그럼요. 결과가 좋으면 과정은 아무래도 상관없는 일. 앞을 가로막는 것은 흔적도 없이 멸살이라고 스승님도 말씀하셨습니다."

"…그 스승과는 언젠가 진지한 대화를 나눠봐야겠군."

전의를 불태우는 단테에게 팔짱을 끼며 피아레는 싱글벙글 웃으며,

"어쨌든 이제 가요, 오라버니."

"…그러면 일단 저는 준비를."

"집, 불탔다니까."

아리사의 붙잡은 단테는 한숨을 내쉬었다.

"그냥 바로 출발하지."

"…네, 주인님."

"그런데, 피아레."

"네, 오라버니."

"멜로디 왕국을 되찾으면 어떻게 할 거야?"

"그건 그때 가서 생각해 보죠, 오라버니와 함께."

즐거운 듯이 말하는 피아레의 말에 단테는 잠시 침묵하더니,

"너, 설마 그런 식으로 평생 들러붙을 생각은 아니겠지?"

흠칫!

"…아니, 설마♥"

끼이익 무겁게 고개를 돌리며, 환한 미소를 짓는 피아레를 보며 단테는 심장이 철렁 내려앉았다.

단테는 그 순간 깨달았던 것이다.

이 녀석, 평생 달라붙을 생각이야!

CHAPTER 02
바람의 노래를 들어라!

안단테
칸타빌레

그것은 평범한 일상에서 시작되었다.

"다요?"

"우습게, 보고, 있군."

"그러니까, 까불지, 말라고."

"다치면, 피차, 괴로우니까."

어느 화창한 오후.

학장이 소개한 흑마술사를 찾아서 떠난 여정의 어느 날.

거리에서 흔하게 들리는 일상적인 대화.

"흐응."

바라보며 느긋하게 바라보는 단테의 시선 저편에는,

"…안 된다요?"

"자, 자아, 이제, 슬슬, 끝내지."

"보고, 못, 본, 척할, 수는, 없겠지만."

어쩐지 딱딱 끊어지는 목소리를 내뱉는 무리에게 둘러싸인 소녀.

그것은 적당히 큰 마을에서 흔하게 볼 수 있는, 가련한 아가씨를 둘러싼 깡패의 무리라는 패턴이다.

"뭐, 저런 놈들은 끊이지 않고……."

피곤한 한숨을 내쉬며 단테가 나서기에 앞서,

"위저드리! 매직 미사일, 매직 미사일, 매직 미사일!"

허공에 떠오르는 세 발의 마력의 화살!

퍼퍼퍼펑!

그것은 지체없이 무리를 꿰뚫고,

"욱!"

"우아아아앗!"

"히이이이이익!"

"꺄아아아아아아아!"

갑작스럽게 떠오른 매직 미사일을 맞고 근처에 나뒹구는 깡패들.

앞뒤 잴 것 없이 피아레가 기술을 날린 것은 상점가의 한가운데에서의 일이었다.

"이, 이게, 무슨?"

"갑자기, 대체, 무슨, 짓을."

"아, 시끄러! 이어서 홀리 브레이크!"

가차없이 자르며 피아레는 성력을 풀었다.

"히이이이익!"

"우아아아아아!"

일순간에 온몸을 새파란 빛에 휘감겨,

"모, 몸이이이!"

슬리퍼에 두들겨 맞은 습하고 기분 나쁜 재빠른 벌레마냥 꿈틀거리며 깡패들은 일어서지를 못하고,

"그만 해라, 악당들아!"

이어서 쓰러진 깡패 중 한 녀석의 머리를 짓밟으며 피아레는 한 손을 높이 쳐든다.

"죄를 회개하지 못하는 악의 무리! 이 내가 한 치의 용서도 없이 즉결 심판해 줄 테다!"

저 멀리 태양을 올려다보며 파이팅 포즈를 취하는 피아레를 보며 단테와 아리사는 일단 침묵.

"…이봐, 동생 씨."

"…아가씨, 순서가 바뀌었어요."

단테에 앞서서 아리사가 사소한 지적으로 말을 마무리한다.

"아니, 그것보다 일단……."

"…싫으신가 봐요, 주인님이."

"흐응. 하지만 바른 순서로 하면 도망치기도 하고."

고개를 기울이는 아리사의 말에 피아레는 뺨을 긁적이며,

"…혹시라도 회개하면 멸살하기 곤란하니까."

"그런 이유냐!"

저도 모르게 찌리릿 노려보는 단테의 시선을 피하며,

"괜찮아요, 아가씨?"

깡패들에게 둘러싸여 있던 소녀에게로 달려갔다.

할 수 없이 그녀를 쫓아서 뒤따라간 단테와 아리사.

"무……."

앞에는 조그마한 소녀가 있었다.

이제 십여 세 정도나 되었을까?

커다란 눈동자에 어깨까지 내려오는 곱슬머리가 그린 듯이 어울리는, 말로 표현할 수 없을 만큼 귀여운 외모의 꼬마 숙녀는 피아레를 보며 흠칫 어깨를 떨었다.

"무섭다요, 무섭다요!"

이윽고 눈물을 펑펑 쏟으며 쏜살같이 골목으로 도망쳐 버렸다.

"에, 에에?"

느닷없는 반응에 피아레는 몸이 굳는다.

"우와, 불쌍해."

단테는 노골적으로 한숨을 내쉬고,

"갑자기 저런 녀석이 다가오니 무서웠겠지."

"…눈앞에서 사람들이 쓰러졌으니까요."

"에? 아니, 잠깐!"

"가여워라, 꼬마 아가씨."

"…네, 주인님. 정말 귀여운 아가씨였는데."

꿈틀!

“오라버니이잇!”

“오오오!”

“고마워, 정말!”

“진짜 곤란했었어!”

흩어졌던 마을 주민이 다가온 것은 그때였다.

“곤란하던 참이었어.”

“그래그래, 느닷없이 나타나서 말이지.”

“아니요. 악당들은 싹 잡아서 멸살! 그런 바른 마음가짐을 가졌을 뿐입니다.”

한껏 치켜세워 주는 말에 피아레는 기고만장해서 손사래를 치며 대꾸했다.

하지만 주민들은 쓰러진 깡패들을 힐끗 쳐다보더니,

“뭐, 상대가 틀리긴 했지만.”

눈썹을 찌푸리며 가볍게 말했다.

“하아?”

“에에에엑?”

“…역시.”

그 말에 깜짝 놀라 뒤로 물러서는 단테와 피아레와는 달리, 아리사는 우물쭈물 입을 가린 채로 고개를 끄덕였다.


“즉, 이야기는 이렇습니다.”

마을의 촌장으로 보이는 노인이 온 것은 식당에 자리 잡고 얼마 즈음.

일단 곤란한 문제를 도와주었다는 주민들에 이끌려 도착한 곳은 마을에서 가장 크다는 식당. 사양 말라며 연이어 쏟아지는 음식에 미심쩍어하면서도 일단 식사를 마친 단테 앞에 나타난 것은 초로의 노인이었다.

주변에 몰려든 사람들의 반응을 봐도.

쭈글쭈글하면서도 어딘지 피곤한 표정을 봐도.

전형적인 촌장의 얼굴을 하고 있는 노인은 한숨을 내쉬며 의자를 당겨 앉았다.

"에에, 그러니까……."

노인 특유의 느릿한 어투로 말을 꺼내는 촌장에게,

"싫습니다."

단테는 분명한 어조로 잘라 말한다.

느닷없다면 느닷없다고 할까.

용서없는 대꾸에 촌장은 일단 침묵.

"…아, 아니?"

"그러니까 싫습니다."

"…무슨 말씀이신지?"

뻘뻘 땀을 흘리는 촌장을 보며 단테는 가볍게 말한다.

"이런 패턴은 뻔하니까요."

"흡!"

딱 잘라 말하는 단테의 말에 촌장은 말문이 막히고,

"오오?"

"대단해!"

"간파했다?"

등 뒤에 서 있던 마을 사람들은 감탄을 한다.

박수까지 치며 감동하는 마을 사람들을 보며 피아레는 눈썹을 찌푸리며,

"무슨 이야기야?"

"…전승 이야기 패턴이에요."

아리사는 대답했다.

"전승 이야기?"

"…악당들 때문에 곤란을 겪는 마을이 있었습니다. 어느 날 이 마을에 용사님이 찾아왔습니다. 마음씨 착한 용사님은 악당들을 모조리 해치워 주었습니다."

"헤에?"

아리사의 차분한 설명에 피아레는 고개를 돌려서 단테를 쳐다보았다.

"좋은 이야기잖아."

"싫습니다."

"흐, 흐읍!"

땀을 삐질삐질 흘리는 촌장.

마주 보면서도 표정 하나 없는 단테의 모습에 피아레는 갸웃하며,

"그런데 어디가 마음에 안 든 거야, 오라버니는?"

"…무보수로."

의아해하는 피아레를 보며 아리사는 그렇게 말했다.

“에엑?”

그 말에 피아레는 눈을 동그랗게 뜨더니,

“겨우 고작 그런 이유입니까, 오라버니?”

“당연히 그런 이유지!”

찌리릿 노려보는 피아레에게 단테는 잘라 말한다.

“돈이 하늘에서 떨어지는 줄 알아? 돈은 벌 수 있을 때 바짝 버는 거야.”

“우, 우와!”

“…주인님, 조금 속물로 보여요.”

기다렸다는 듯이 터지는 야유에도 만면몰수.

단테는 뻔뻔스러운 얼굴을 하고는 고개를 돌려 촌장을 바라보았다.

이에 촌장은 말없이 식은땀을 흘리며,

“이, 이보게.”

뒤에 서 있던 마을 아저씨 A의 귀에 대고 속삭속삭.

이윽고 한숨을 내쉬며 품에서 가죽 주머니를 하나 내밀었다.

“여기 이걸로…….”

내미는 주머니를 가볍게 들어본 단테.

“계약금이죠?”

화사한 얼굴로 빙긋 웃으며 말했다.

“우, 우욱!”

눈부신 오라에 촌장은 주춤주춤 뒤로 물러난다.

"오라버니가 빛나고 있어!"
"…에에, 하지만 대사가 멋지지 않아요?"
"아, 시끄러!"
속닥거리는 대사는 기각.
"…계약금이죠?"
"우우……."
싱글싱글 웃는 어조에 촌장은 이윽고 눈물을 뚝뚝 흘리며,
"…그렇습니다."
결국 백기를 들 수밖에 없었다.


"그러니까 사정은 이렇습니다."
다시금 헛기침을 하며 자세를 가다듬는 촌장을 힐끗 쳐다보
며,
"아리사."
단테는 고개를 돌려 아리사를 불렀다.
"…그러니까 그 귀여운 꼬마 아가씨와 인상 나빠 보이는 사
람들의 문제를… 해결해 달라는 것 같아요."
"…헛?"
가볍게 핵심을 찌르는 말에 촌장은 일순간 굳어버리고,
"그래서, 문제가 뭔데?"
"…상황이 뒤바뀌었다고 할까요. 꼬마 아가씨가 시비를…
이어서 험악한 남자들이 도와주려고 하니까… 에에… 곤란하
잖아요, 그런 거."

"아아."
"아, 저기… 이보게들."
"…네?"
"뭐죠?"
뒤늦게.
무지 귀찮은 표정으로 고개를 돌리는 아리사와 단테를 보며,
"에, 에헴."
촌장은 일단 헛기침을 하더니,
"그러니까 이런 설명은 내가 하는 게 마땅하지 않을까 하는 자그마한 소망이……."
"하지만 아리사는 이런 상황 파악에 빠르고."
"대체로 퀴퀴한 영감보다는 귀여운 소녀가 설명해 주는 것이 듣기도 좋고."
"…라고 하세요."
"……."
딱 잘라 말하는 단테와 피아레의 말에 촌장은 일단 침묵.
"아, 과연!"
이어서,
"오오, 그런 이유가!"
"확실히 그건 그렇네."
"누구나 납득할 수 있는 이유잖아!"
"……."

손뼉을 마주치며 고개를 끄덕이는 사람들의 반응에 촌장은 다시 침묵.

"뭐, 그건 그렇겠지만……."

"본인도 납득하네요, 뭘."

"그, 그래도 이건 모를 겁니다!"

곧바로 지적하는 피아레의 말에 촌장은 일단 헛기침.

"뿐만 아니라, 최근!"

"…아마도 이런 패턴이 반복되는 것 같아요. 최근."

의기양양하게 덧붙이려는 말도 아리사는 용서없이 자른다.

"여, 여기에!"

"…이 문제는 근처의 흑마술사와 관계가 있는 것이 아닐까 하는 것 같아요. 여기에는."

패턴은 반복.

"……."

엄청 공손한 어조로 무지 열받는 대사 가로채기를 당한 촌장은 말없이 이마를 짚더니,

"그렇습니다."

이윽고 담백한 어조로 고개를 끄덕였다.

"…뭐, 흔한 패턴이네."

"확실히."

"아, 아무튼… 지금 당장은 그렇게 피해가 없지만, 마냥 놔둘 수는 없는 문제라고 할까? 슬슬 사람들도 곤란해하고… 또 저런 것이 돌아다니는 것도 보기가 좀 그렇고."

말하며 힐끗 시선을 돌린 촌장의 옆에는 아까 피아레가 쓰
러뜨린 깡패가 꽁꽁 묶여 있다.

"아아……."

"아, 아아, 아……."

"아아, 아, 아아……."

맞이 간 표정으로 혀 짧은 소리를 반복한다.

"조용히 시켜, 아리사!"

"…네."

콰앙!

아리사가 휘두른 프라이팬에 뒤통수를 두들겨 맞고,

"……."

두개골 함몰 끝에 입을 다문다.

"히, 히익?"

"우, 우와아아!"

"머리가 찌그러졌어!"

"아, 시끄러! 자꾸 떠들면 똑같이 만들어 드리겠어요!"

"흡!"

"흐흡!"

"히이익!"

느닷없는 행동에 돌연 패닉을 일으켰던 주민들도 피아레의
고함에 그대로 입을 다문다.

"너란 녀석은 대체……."

찌리릿 노려보는 단테를 보며 피아레는 작게 헛기침을 했다.

"확실히 좀비가 나돌아 다니는 것은 문제네요."

"…뭐, 그건 그렇지."

가볍게 고개를 끄덕이는 단테와 달리,

"에에엑!"

"조, 좀비라고?"

"저게 좀비라고오옷!?"

우당탕!

근처의 의자나 탁자 따위를 뒤엎으며 마을 사람들은 돌연 패닉에 빠진다.

"아리사."

"…네, 아가씨."

퍼억!

"시끄러워요."

"…네."

"죄, 죄송합니다!"

"조용히 하겠습니다!"

"…아, 아무튼! 좀비입니까, 저게?"

"뭐, 일단 그렇죠."

단테는 고개를 끄덕였다.

"하지만 대신관인 피아레의 홀리 브레이크를 맞고도 소멸되지 않는 것을 보면 일반적인 방법으로 만들어진 좀비는 아니겠죠."

"…잘 보면 피부 광택도 좋고, 어느 정도의 융통성도 있는 것 같고.”

“확실히, 말까지 할 수 있는 좀비는 저도 처음 봐요.”

“…그, 그런 겁니까?”

“이런 재주를 가진 흑마술사라…….”

단테는 턱을 쓰다듬으며,

“흑마술사 중에는 별난 성격도 많으니까 재미 삼아 이런 일을 할 수도 있겠습니다만…….”

“재, 재미 삼아?”

“상대는 상당히 고위의 흑마술사일 터, 앞으로 훨씬 더 곤란해질지도 모릅니다.”

“그, 그런!”

예상대로 깜짝 놀라는 촌장.

단테는 나직이 한숨을 내쉬며 모른 척 자리에서 일어서려고 하지만,

“상관없습니다!”

“그래요! 괜찮습니다!”

“신경 쓰지 마십시오!”

예상치 못한 대답은 뒤에서 들려왔다.

“하아?”

도대체 무슨 소리인가 싶어서 고개를 돌린 그곳에는 마을 사람들이,

“하지 않으면 안 되는 일이 있습니다!”

“맞아요! 그건 용서할 수 없는 일입니다!”

격한 마음을 가득 담아 주먹을 움켜쥔다.

"그래요!"

"마을이 불타더라도!"

"하지 않으면 안 되는 일이!"

이번 소동으로 소중한 사람이라도 잃었던 걸까?

불끈 주먹을 쥐고 격한 어조로 가슴을 두드린다.

"크으윽!"

"생각만 해도 가슴이!"

주르륵 눈물을 흘리는 마을 청년 A를 보듬으며,

"알아, 알아. 나도 그 기분 이해해."

마을 아저씨 B는 어깨를 두드린다.

"확실히 그 좀비 녀석들만 아니었다면, 남자라면 누구라도 한번쯤은 꿈꿔보았을 듯한 눈이 번쩍 뜨이는 귀여운 꼬마 아가씨의 머리를 쓰다듬는다… 라는 소망을!"

"…이봐."

"크으윽! 생각만 해도 눈물이 앞을 가려!"

오열을 억누르는 마을 아저씨 B의 말에 마을 청년 C는 목이 메인 듯이 어깨를 들썩이며,

"정말이지, 이런 평생에 한번 있을까 말까 한 기회를!"

"…그런 기회냐?"

뱁새눈이 되는 단테를 보며 마을 주민들은 크게 고개를 끄덕인다.

"그렇습니다!"

"…아, 네."

"그러니까!"

"마을이 불타도!"

"우리가 숯검정이 되어도!"

"반드시 해치워 주십시오!"

격한 감정을 담아서 외치는 마을 남자 일동의 말에 단테 일행은 눈이 점이 되고,

"네, 네놈들!"

이에 흥분한 어조로 자리에 벌떡 일어선 촌장.

거침없는 기세로 마을 아저씨 B의 멱살을 움켜쥐고는,

"크윽! 나를 울리다니!"

감정에 복받쳐 목이 멘다.

"자아, 그런 이유로! 힘써주게."

그리고,

"야!"

퍼어억!

"말이 되냐!"

"하지 마! 그런 이유로!"

"뭐가 마을이 불타도야!"

고개를 끄덕이는 촌장을 비롯한 남자들을 향해서,

마을 언니들의 기운찬 발차기가 일제히 꽂혔던 것이다.


"정말 그래요?"

그것은 느닷없이 나왔다.

피아레가 질문을 던진 것은 골목을 막 꺾어 들어갈 무렵이었다.

마구 구타당한 끝에,

"아무쪼록 마을은 무사하게."

울면서 의뢰를 하는 촌장의 말에 고개를 끄덕이고 얼마 뒤.

단테 일행은 마을 주변을 어슬렁거리며 찾아다니기 시작했다.

소녀와 좀비가 출현하는 것은 하루에도 서너 번.

피아레가 쓰러뜨렸던 것이 오늘의 시작이었다고 하니 아직 두어 번은 기회는 남았을 터.

그렇게 생각하고 각자 아이스크림이라든지, 파르페라든지, 홍차라든지…….

청구가 가능하니까 이 기회에!

그런 마음가짐으로 마구 먹어대며 산책하는 것은 아니고.

스스로도 설득력이 없다고 생각하면서도 단테 일행은 대범하게 무시한다.

"무슨 소리야?"

"그러니까 남자들의 로망인 거예요, 귀여운 소녀를 쓰다듬는 것은?"

"…에에, 저도 실은 조금 궁금했어요, 주인님."

갸웃하는 피아레와 아리사의 말에 단테는 일단 침묵.

"그건."

이윽고 한숨을 내쉬며 말했다.

"상황 때문인 거야."

"에?"

"…상황이요?"

의아해하며 되묻는 말에 단테는 어깨를 으쓱하며,

"왜 있잖아, 늘 보던 사람도 어느 날 안 보면 보고 싶어지는 것처럼… 에에, 그러니까 피아레가 가지고 싶었던 목걸이가 하나 있다고 치자. 그런데 그게 생각보다 비싸서 집에 가서 고민을 하게 되지. 그래서 한참을 생각 끝에 그걸 사기로 결심하고 상점에 갔는데 말이지, 바로 눈앞에서 다른 사람이 그걸 사 버린 거야. 그러면 그 순간, 가지고 싶었던 욕망이 배로 늘겠지. 뭐, 그런 거야."

"좋은 이야기네요."

피아레는 알겠다는 듯이 고개를 끄덕이며,

"그래서 상황이란 게 무슨 소리예요?"

"윽!"

태연하게 묻는 말에 단테는 일순간 입을 다물고,

"…대신관 자격은 필기 안 보냐?"

"뭐, 보기는 보는데, 왕족이니까 무시험 패스."

묻는 저의를 전혀 깨닫지 못하고 피아레는 고개를 갸웃한다.

"…아니, 그러니까 상황이란 게 무슨 소리예요?"

"하아."

단테는 어깨를 늘어뜨린 채로 한숨을 내쉬었다.

"피아레 너라도 알기 쉽게 설명해 주자면, 그때 못 쓰다듬은 것이 한이 되어서 더욱더 쓰다듬어 주고 싶었다는 거지."

"헤에."

라는 말에 피아레는 손뼉을 짝 마주치고는,

"처음부터 그렇게 설명해 주면 좋잖아요."

"…아, 그래."

"흐응."

멜로디 왕국의 앞날을 걱정하며 탄식하는 단테의 마음을 전혀 눈치 채지 못하고, 팔을 뒤로 뺀 채로 콧소리를 낸 피아레는 돌연 고개를 까딱였다.

"그러니까, 오라버니."

"엥?"

"늘 보던 사람도 어느 날 안 보면 보고 싶어진다는 말은, 오라버니도 저를 한동안 안 보면 몹시 그리워지거나 한다는 말인가요?"

"…뭐, 그럴지도."

"흐응."

떨떠름한 단테의 대답에 피아레는 빙긋 웃었다.

"그러면 오라버니는 저를 얼마나 안 보면 그리워하실 건가요?"

"하아."

누가 봐도 그린 것처럼 아름다운 미소였지만 피아레가 하니까 엄청 불길.

단테는 턱을 쓱쓱 쓰다듬더니 이윽고 시선을 먼 곳으로 던졌다.

"앞에 두고 아끼지 못한 사람이 떠나고 큰 후회를 한 적이 있어. 살아가는 일에 가장 큰 고통이 있다면 후회하는 것이겠지. 하늘에서 다시 내게 기회를 준다면… 나는 그 사람에게 하지 못했던 그 말을 하겠어."

그리운 듯한 시선으로,

"만약 다시 만날 수 있는 기한을 정해야 한다면, 나의 기다림은 만 년으로 하겠어."

조용한 어조에 힘을 담아서 말했다.

"우, 우와!"

"…에, 어머?"

그 한마디에,

깜짝 놀란 듯이 주춤 피아레와 아리사가 물러난다.

"…에, 주인님, 하지만 그 말씀은."

눈치 챈 걸까?

갸웃 고개를 기울이는 아리사와 달리,

"오라버니♡"

피아레는 젖은 듯한 단테의 시선에 그대로 하트 난무.

"머, 멋져요♡"

"아아, 뭘 그 정도 가지고."

"오라버니, 최고♡ 최고로 멋져요♡"

“홋! 이 몸은 본래 멋지다고.”

“저는 평생 오라버니만 따라다니겠어요♡”

은근슬쩍 무서운 소리를 내뱉는 피아레.

“나만 믿으라니까.”

그러나 깨닫지 못한 단테는 저편을 보며 더럽게 잘난 척한다.

“…주인님도 거기서 거기네요.”

자기들만의 세상에 빠진 피아레와 단테를 보며 아리사가 나직이 한숨 내쉬던 순간,

“꺄아아아악!”

비명 소리가 들려온 것은 그때였다.

“꺄아아아악!”

비명은 뜻밖에도 가까운 곳에서 들려왔다.

“어디야?”

“…에에.”

“저기예요!”

피아레가 가리키는 방향을 따라서 서둘러 단테 등은 달려나간다.

“어디? 어디!”

“…그러니까요오.”

“저쪽!”

피아레를 선두로, 단테가 바싹 뒤를 쫓고, 마지막으로 아리사가 치마를 살짝 당겨 올린 자세로 뒤쫓는다.

“놓치지 않을 테다!”

자못 터무니없는 대사를 내뱉는 피아레의 두 눈은 새빨간 색으로 빛나고,

“야, 야!”

질려 하면서도 단테는 어쨌든 쫓아간다.

“꺄아아!”

골목을 돌고 돌수록 비명은 절규에 가깝고,

“서두르자!”

돌아 외치며 단테는 먼저 내달려 골목을 꺾어서,

“제가 먼저!”

그에 앞서서 피아레가 쏜살같은 발걸음으로 단테를 앞지른다.

“꺄아아아!”

그리고 마침내 드러난 그곳에는,

“너, 너무…….”

눈물을 글썽이는 젊은 여성이!

“훗, 훗, 훗.”

그리고,

그 앞을 가로막은 새까만 로리타 룩의 귀여운 여자 아이!

아이는 뺨에 한 손을 척 갖다 댄 채로 입술을 씰룩거리며 ‘후후’ 하고 웃더니,

“다 내 놓는 거다요.”

이상한 말투로 여자를 협박한다.

어찌 보면 흐뭇하기도 한 그 광경에 단테는 순간 발을 삐끗하고,

"우아아악!"

"…주인님."

발이 엉켜 아리사와 함께 바닥을 데굴데굴 굴렀다.

그리고 그 앞을 가리며 척하며 검지를 치켜올린 피아레는,

"…너, 너무 귀여워!"

홍조로 뺨을 붉힌 채로 어쩔 줄 몰라 하는 여자의 한마디에 그대로 입을 다문다.

"헛갈리는 비명 지르지 마아아!"

저도 모르게 절규하는 단테를 힐끗 쳐다보며,

"하지만 귀엽잖아요."

여자는 딱 부러지는 어조로 말한다.

"귀여운 아이나 동물을 보면 여자들은 보통 이렇게 반응하는 거예요!"

"읍!"

단호한 목소리에 단테 또한 그대로 말문이 막히고,

"그, 그러냐?"

"…에… 그런가요?"

끼이익 고개를 돌려서 묻는 말에 아리사는 고개를 기울이며,

"난 모르지, 그런 거."

빤히 바라보는 그녀의 눈동자에 피아레는 볼을 부풀린 채로

시선을 돌린다.

"후후후! 도망칠 길은 없다요."

자못 위험한 대사를 귀엽게 내뱉는 꼬마 소녀.

"꺄아아! 햄스터 같아!"

깨끗하게 무시한 아가씨는 무진장 실례인 대사를 태연하게 중얼거리며 들고 있던 종이봉투를 뒤적뒤적.

"아, 여기 있다!"

마침내 찾아낸 것인지 꺼내 든 것은 하나의 사탕.

힘차게 들어 올린 아가씨는 그대로 손을 내밀고,

"자, 이거!"

"…고맙다요, 고맙다요!"

두 손으로 공손하게 받아 든 꼬마 소녀는 엄청 공손한 표정으로 꾸벅 고개를 숙이더니,

"잘 먹는다요! 고맙다요!"

그대로 입 안에 넣고 오물거린다.

"너무너무 귀엽다아, 너."

입 안에 넣은 사탕으로 햄스터마냥 볼이 부풀어 오른 꼬마 소녀를 아가씨는 무릎을 꿇고 앉아서 머리를 쓱쓱 쓰다듬는다.

그 흐뭇한 광경에 단테 등은 눈이 점이 되고,

"전력으로 달려온 우리의 입장은 대체……."

"…에에, 여기서 끼어들면 안 되겠네요."

"뭐, 뭔가 보기 좋은 광경이네요."

속닥속닥 말을 주고받는다.

"무슨 일입니까?"

긴장감이라고는 눈곱만큼도 찾을 수 없는 목소리가 들려온 것은 그때였다.

"아니, 저런, 흉악한."

"아아, 대체, 무슨, 일이?"

"위기에, 빠진, 것, 같네요."

동시에 고개를 돌린 모두의 눈앞에 펼쳐진 것은 느릿느릿 걸어오는 좀비의 무리!

서너 마리가 어기적거리며 다가와 꼬마 소녀를 마주 보며 서더니,

"이, 못된, 녀석."

"지금, 무슨, 짓이냐?"

"당장, 그, 손을, 놓지, 못해?"

상황에 따라서는 꽤 폼 날 수도 있는 말이지만 상황전도.

좀비가 하는 대사인 데다가 상대는 귀여운 소녀.

더구나 억양이 없는 어조로 그렇게 말을 해봤자 국어책 읽기의 수준.

"…곤란하네요."

"어떻게 하죠, 오라버니?"

"으음, 그렇게 물어도 타이밍이 어긋나서."

속삭이는 말에 단테는 눈썹을 가로 모으며 한숨을 내쉰다.

"무슨 짓이야!"

퍼어어억!

엄청난 소리와 함께 정면의 좀비가 나뒹군 것은 그때였다.

"으잉?"

깜짝 놀라 눈을 동그랗게 뜬 단테의 앞에는 펄럭이는 치마를 가지런히 모은 아가씨가!

"너희들은 눈이 장식이야? 귀여운 꼬마와 예쁜 언니가 정다운 대화를 나누고 있으면 흐뭇한 시선으로 쳐다보기만 하라고 법으로 정해져 있잖아! 태우면 잘 탈 것같이 생긴 주제에 어디서 그런 지저분한 얼굴로 말을 거는 거야!"

손가락을 치켜세우며 화난 어조로 떠드는 말에 남은 좀비도 주춤 물러선다.

"우, 우욱."

"아니, 저희는……."

"시끄러!"

우물쭈물 변명을 내뱉는 말을 좀비들에게 일갈하고는,

"숨도 쉬지 마! 공기 더러워지니까!"

무시무시한 표정으로 노려보았다.

"히익."

"너무해."

눈물이라도 쥐어짤 듯한 자세로 쓰러지는 좀비들.

"어쩌지?"

"…저한테 물으셔도."

"그래도 일단 할 건 해야겠죠?"

묻는 말에 피아레는 어깨를 으쓱.

"홀드 퍼슨!"

홀드 퍼슨.

말 그대로 사제의 시선이 닿는 모든 생명체를 포박하는 기술.

"히이익!"

"우아아악!"

별안간 생겨난 성스러운 밧줄에 몸이 묶여 중심을 잃고 바닥으로 고꾸라지는 무리.

"얌마!"

단테는 뒤늦게 소리 지르지만 기술은 가차없이 모두를 묶은 뒤였다.

"무슨 짓을 하는 거예요!"

"아프다요, 아프다요!"

"…이봐."

여자와 꼬마 아가씨까지 묶여서 바동거리는 모습에 단테는 어깨를 축 늘어뜨린다.

"뭐, 다소의 희생은!"

전혀 신경 쓰지 않고 태양을 향해서 검지를 길게 내민다.

하지만 자세히 보면 뺨을 타고 흘러내리는 땀방울이 있고,

"내가 희생타냐!"

"히이잉! 아프다요!"

잔뜩 화가 나서 고함치는 여자와 울면서 몸부림치는 꼬마

소녀의 모습에 피아레는 저도 모르게 시선을 피한다.

"뭐, 다소의 희생은 어쩔 수 없죠."

"…풀어줄 수 없나요?"

"피아레는 세세한 기술 컨트롤이 엉망이라서 하나하나의 기술을 푸는 것은 불가능해. 풀려면 다 풀어야겠지."

"…그러면… 좀비 오빠들이 움직이지 못하면… 풀 수 있지 않나요?"

"……."

"……."

갸웃하며 묻는 말에 피아레와 단테는 서로를 마주 보더니,

"아!"

"그런 수가!"

뒤늦게 깨닫고 손뼉을 친다.

"…단체로 바보냐."

"시끄러! 그런 이유로, 아리사!"

"…네."

쪼르르 달려온 아리사는 이내 프라이팬을 높이 쳐들고,

"홀리 브레이크!"

피아레가 펼친 힘있는 말에 부응하여 프라이팬이 시퍼런 빛으로 물든다.

"…그럼, 사양 않고."

"히이익!"

"사양해! 제발!"

“…그런 억지를 쓰시면 안 돼요.”

“프라이팬은 너무해!”

“적어도 칼로 베어줘!”

퍼어억!

아우성치는 좀비 일행에게 사정없이 프라이팬을 먹인다.

“…저 프라이팬으로 만든 요리는 싫을지도.”

저도 모르게 중얼거리는 단테의 말에 피아레는 아차 하며,

“한 녀석은 남겨, 아리사. 잔뜩 고문해서 알고 있는 것은 내장까지 끄집어내 줄 테니.”

“…네, 아가씨.”

명랑한 어조에 맞춰 고개를 끄덕이는 아리사를 보며 단테는 한숨을 내쉬었다.

“너란 녀석은… 정말.”

단테가 어깨를 늘어뜨리는 그 순간,

“흐흐흐… 하하하핫!”

두려움에 떨고 있어야 할 남겨진 좀비가 유유히 큰 소리로 웃기 시작했다.

“어리석군, 인간.”

“……?”

“이, 몸은, 어차피, 죽은, 자! 죽은, 이, 몸에게, 고문을, 해도, 조금도, 아프지, 않다!”

“앗! 이럴 수가! 좀비 주제에 자신의 특성을 파악하고 있어!”

“훗! 가볍게, 보지, 말라고, 이, 목숨!”

“하!”

전혀 쓸데없이 자신만만한 말을 외치는 좀비를 보며 피아레는 작게 코웃음을 쳤다.

“어리석어, 좀비 씨.”

척하니 손가락을 뻗어 가리키며,

“그런 일이 있을지도 몰라서 죽은 자도 눈물 콧물을 팍 쏟게 아픈 신경을 재생시키는 기술을 만들어냈던 거야, 나는!”

“아뿔싸!”

“…쓸데없는 데에 재능을 낭비하는 녀석.”

단테가 질린 표정을 지은 그 순간,

“무…….”

우드득!

꼬마 아가씨를 묶었던 성력의 밧줄이 터진 것은 그때였다.

“무섭다요!”

그때처럼 눈물을 펑펑 쏟으며,

“악마다요! 귀신이다요!”

소녀는 쏜살같이 골목으로 도망쳐 버렸다.

“…어라?”

“저걸 끊었어?”

갑작스럽게 벌어진 상황에 얼이 빠진 아리사와 단테.

“누, 누, 누가…….”

피아레는 돌연 발작을 일으키며,

“누, 누가 귀신이고 악마야아앗!”

“아앗! 날뛰지 마, 이것아! 아리사, 막아!”

“…네, 주인님.”

퍼억!

“…모든 일을 프라이팬으로 해결하지 말라고.”

“에에, 하지만 편해서.”

“어휴! 일단 피아레가 정신을 차리면 저 좀비를 끌고 가서 고문이든지 뭐든지 해서 정보를 좀 알아내고.”

“히이익!”

“아, 시끄러! 좀비! 어차피 죽었으니 인권이고 뭐고 없잖아.”

“죽기, 전까지는, 있었어, 인권!”

“뭐, 어쨌든 사소한 문제니까 넘어가고.”

“나는, 안, 사소해!”

쾅!

“…주인님 말씀에 토 달지 마세요, 좀비 씨.”

“이번은 잘했어, 아리사.”

“…뭘요.”

“어쨌든 그렇게 하고, 나는 일단 꼬마를 쫓아갈게.”

“…네.”

상냥한 미소로 고개를 기울이는 아리사.

“…힘내세요, 주인님.”

“그래! 아리사도 힘내!”

　가볍게 고개를 끄덕인 단테는 골목 저편을 향해 힘차게 달리기 시작했다.
　"…자, 그러면."
　그리고,
　"…저도 힘낼게요."
　양손에 좀비와 피아레를 질질 끌며,
　"히이익!"
　아리사 또한 골목의 어둠 속으로 사라졌다.

　"귀찮은데……."
　진심으로 귀찮아하며 단테는 골목을 꺾어 달려간다.
　다소 늦었어도 어린 소녀의 걸음이다.
　멀리 못 갔을 거라 생각할 무렵,
　"꺄아아아!"
　오마쥬처럼 같은 비명이 들려온다.
　허겁지겁 달려간 끝에 드러난 골목 안에는,
　"너무너무 귀엽다아♡"
　두 눈이 하트가 된 아가씨가 소녀의 머리를 쓰다듬고 있었다.
　"후후후."
　소녀는 히죽히죽 웃으며,
　"무서운 일을 당하기 싫으면 가진 것 다 내놓는다요."
　허리에 척하니 팔을 얹은 채로 두 눈을 부라린다.

하지만,

"어머어머♡"

지나치게 귀엽고,

"동물 같아아♡"

마을 아가씨의 마음을 찌잉 자극한다.

"…심한 소리인데."

"이런이런."

저도 모르게 중얼거리며 다가가는 단테의 뒤편에서 들려오
는 목소리.

"무슨, 일입니까?"

정해진 패턴의 그 대사.

"아니, 저런, 흉악한."

"아아, 대체, 무슨, 일이?"

"위기에, 빠진, 것, 같네요."

찌리릿 고개를 돌리니 느릿느릿 걸어오는 좀비의 무리.

서너 마리가 어기적거리며 다가와 꼬마 소녀를 마주 보며
서더니,

"이, 못된, 녀석."

"지금, 무슨, 짓이냐?"

"당장, 그, 손을, 놓지, 못해?"

똑같은 소리를 똑같은 자세로 반복한다.

"무슨 짓이야?!"

퍼어어억!

“으잉?”

깜짝 놀라 허겁지겁 쫓은 시선에는 다시 한 번 나뒹구는 좀비가!

“무슨 짓이야!”

질려 하는 단테의 앞에는 펄럭이는 치마를 가지런히 모으는 아가씨가!

“…에에?”

반복되는 상황에 단테는 할 말을 잃고,

“너희들은 눈이 장식이야? 귀여운 꼬마와 예쁜 언니가 정다운 대화를 나누고 있으면 흐뭇한 시선으로 쳐다보기만 하라고 법으로 정해져 있잖아! 태우면 잘 탈 것같이 생긴 주제에 어디서 그런 지저분한 얼굴로 말을 거는 거야!”

손가락을 치켜세우며 화난 어조로 떠드는 말도 같은 패턴.

“…정말 있는 겁니까, 그런 법?”

저도 모르게 단테는 중얼거린다.

“우, 우욱.”

“아니, 저희는.”

“시끄러!”

“…아아, 거기까지.”

반복되는 상황에 질려 하며 단테는 손사래를 친다.

“피아레 정도는 아니지만.”

왼편 허리에 차고 있던 브로드 소드를 꺼내 들어,

“나도 어느 정도는 지식이 있어서.”

성표가 장식된 손잡이를 상단으로 높이 치켜 올린다.

"터닝 언데드!"

파아앙!

힘있는 말에 부응하여 새하얀 빛이 주변을 휘몰아친다.

"히이익!"

과연 이것에 좀비는 잠시도 버티지 못하고,

"으으으……."

신음하며 바닥에 고꾸라져 꿈틀거린다.

구울이나 와이트, 좀비 따위는 한방에 날려 버리는 기술.

급수가 낮은 놈들은 잠시도 못 버티고 먼지가 되어 흩어져야 하는 데도 여전히 살아서(?) 바닥에 꿈틀거리는 좀비.

"…뭐, 좀 특이하게 섞여 있는 것들이니."

힐끗 쳐다보며,

"실례."

단테는 멍해 있는 아가씨를 지나서 소녀에게 다가간다.

"잠시만."

하고,

"무……."

손을 뻗는 단테의 팔을 잡아 쥔 소녀.

그렁그렁한 눈동자로 단테를 빤히 쳐다본다.

"웃!"

그 시선에 순간 움찔한 단테.

"무섭다요!"

일순간 단테의 시선이 빙글 돌아서 허공으로.

"에에?"

우당탕!

정신을 차렸을 때에는 저 멀리 날아가 벽에 부딪쳐 고꾸라
진 뒤.

"아이고."

빙글빙글 세상이 돈다.

아픈 뒤통수에 손을 갖다 대며 단테는 비틀거리며 일어섰
다.

"무섭다요, 무섭다요!"

"…뭐가 저렇게 힘이 좋아?"

울먹이며 도망치는 소녀를 먼 시선으로 쳐다보며 단테는 무
심코 손을 앞으로 뻗었다가,

"헉!"

손바닥에 흥건한 피에 일순간 몸이 굳었다.

"…어라?"

"저기, 저기."

끼이익 고개를 돌리는 단테에게 손가락을 가리키는 마을 아
가씨.

그 끝에는 시뻘건 벽이!

"우와아아아!"

자신의 피로 물든 무너진 벽을 보며 단테는 엉겁결에 소리
를 지르고,

“…괜찮아요?”

단테는 다시 도망치는 소녀를 쫓기 시작했다.

“이게, 진짜!”

물론,

“잡히기만 해봐!”

이번에는,

“엉덩이를 팡팡 때려줄 테다아앗!”

쪼금 살기도 품었음은 말할 것도 없이.

“거기 서!”

“무섭다요오!”

완전히 악당의 대사를 악당의 얼굴을 하고 외치며 단테는 달려간다.

그 앞에는 누가 봐도 귀여운 소녀가 눈물을 펑펑 쏟으며 도망치고.

“아닛!”

“저런 못된 놈이!”

이것은 과연…….

이라고 해야 할까?

“잡아아앗!”

“저놈, 저놈!”

“저 못된 녀석이!”

어느덧 정신을 차리고 보니 단테의 꼬리를 물고 수많은 마을 사람들이!

“흡!”

이것에는 단테도 순간 움찔.

하지만 여기서 상황을 설명하기에는 시간도 부족하고.

“시끄러!”

퍼억!

길을 막는 사람들을 즉결심판으로 날리는 단테!

“우와아!”

“놓치지 마!”

“저놈 잡아앗!”

여기저기 발생한 피해자의 아우성이 더해진다.

“더 늘어버렸다!”

자업자득.

이라는 말을 떠올리면서도 단테는 그저 달린다.

“무섭다요, 무섭다요!”

“기다려!”

“우리가 도와줄게!”

“그럼그럼! 우리가!”

애초의 목적을 잊어버린 걸까?

달려온 마을 사람들 중에는 단테 일행이 의뢰를 받을 당시에 함께 있던 사람도 있었지만…….

여기까지에 이르면, 내친걸음이니까!

하는 기분으로 단테의 앞을 가로막는 사람들도 있었다.

“에이잇! 하는 수 없지!”

속으로 한숨을 내쉬며 단테는 주문 영창에 들어가고,

"파이어 볼!"

바로 완성된 힘있는 말을 근처 집을 향해 내던진다.

콰르르릉!

화력을 최소로 낮추었다고 해도 철판도 녹이는 기술.

파이어 볼을 맞은 집은 연기를 뿜으며 시커멓게 타오르고,

"꺄아악!"

"우와아아!"

머리를 감싸 쥐고 거미새끼처럼 흩어지는 사람들.

속으로 굿 샷을 외치며 단테는 목청 높여 소리친다.

"서둘러 불을 꺼요!"

"니가 말하지 마, 니가!"

발끈하거나 허둥대는 사람들 사이를 빠져나오며 단테는 다시 소녀를 쫓는다.

"히이이이!"

단테의 느닷없는 행동에 순간 몸이 굳었던 소녀는 다시 달려오는 단테에 깜짝 놀라 다시 달리기 시작하지만,

"늦어!"

외치며 손을 내뻗는 단테의 팔이 와 닿는다.

"꺄아아!"

퍼어억!

무심코 휘두른 팔에 맞아 단테는 다시 허공으로!

우당탕!

요란한 소리를 내며 벽에 부딪친다.

"으으윽!"

코를 움켜쥔 채로 비틀비틀 일어나는 단테.

"이런 젠장!"

발끈하는 마음을 가까스로 다스리며 다시 소녀에게 달려간다.

"거기 서!"

코피가 흐르는 코를 움켜쥔 채로 코맹맹이 소리를 낸다.

힐끗 쳐다본 소녀는 고개를 좌우로 돌리며,

"싫다요! 무섭다요!"

"니가 더 무서워, 이것아!"

후닥닥 도망치는 소녀의 등을 보며 단테는 소리친다.

"귀신이다요! 악마다요!"

오누이가 사이좋게 귀신과 악마 소리를 들으며 단테는 소녀를 쫓는다.

소녀와 청년의 걸음이라고는 해도 단테는 두 번이나 벽에 부딪쳐서 상태가 엉망.

연기로 시야도 엉망인 단테와 소녀의 거리는 조금씩 벌어지고.

어느덧 정신을 차리니 이미 마을을 벗어나 있다.

바로 정면에는 울창한 숲이 놓여 있고, 그곳에 들어서면 초행인 단테는 소녀를 잡을 방법이 없다.

그러나!

“아이리스!”

더 이상 쫓을 여력이 없어진 상황에서 단테는 외쳐 부르고,

“…다요.”

예상대로 소녀의 발걸음이 멈췄다.

단테도 거리를 맞춰 걸음을 멈추고,

“마도사, 아이리스.”

“…….”

“그게 당신의 이름이지?”

조용히 외치는 단테의 말에 소녀는 고개를 돌리며,

“그래.”

어울리지 않는 미소를 지었다.

“이상하네.”

웃음 띤 얼굴로,

“어떻게 알았지?”

소녀는 고개를 갸웃한다.

천진난만한 아이와 같은 행동을 해도 그녀의 눈동자는 흔들림없이 침착하다.

단테는 숨을 몰아쉬며 손가락을 펴 올렸다.

“두 번.”

“두 번?”

“그런 셈이야.”

의아해하는 소녀를 보며 단테는 씨익 웃었다.

“쉽게 알려줄 수는 없어.”

“헤에.”
가볍게 웃더니,
“즉, 찍었다?”
“…….”
“그런 거네.”
입을 다무는 단테를 보며 소녀는 가볍게 웃었다.
“나도 참 한심하네. 사실 알아볼 턱이 없는데……. 그냥 상황에 맞게 흔들어볼 생각이었겠지. 그런데 그게 정답이라서 말이지. 뭐, 이쪽도 그런 거야.”
그렇게 말하며 소녀는 시선을 돌려,
“어서 나와!”
외치는 목소리에 부응하여 숲이 술렁거린다.
그리고 이윽고 등장한 것은,
“트롤에 오거, 그리고 골렘인가?”
신음하며 저도 모르게 중얼거리는 단테의 앞에는 마치 퍼레이드라도 펼치는 듯이 수많은 괴물이 모여들었다.
끔찍한 비명을 토하는 그것들의 중앙에 서서 소녀는 팔짱을 낀 채로,
“그것만이 모든 진실은 아니야.”
입술을 웃음을 형태로 일그러뜨린다.
“이리스.”
펼친 손을 꺾어서 스스로 자신을 가리키며,
“이 아이의 이름이야.”

"…그릇인가?"

"비슷해."

입술을 질끈 깨무는 단테를 보며 소녀는 씽긋 웃었다.

"내 안에서 찾아내 봐, 그녀를."

"…못할 것도 없지."

"하!"

천연덕스럽게 대꾸하는 단테를 보며 소녀는 차게 웃더니,

"그렇다면 해보지! 이 난관을 뚫고!"

왼팔을 길게 펼치며 크게 소리쳤다.

쿠르르르!!

그것이 신호라도 되는 듯이 좌우에 늘어선 괴물들이 땅을 울리며,

"기다리겠어!"

외치며 소녀는 숲으로 사라졌다.

"캬아아!"

고함을 지르며 달려드는 트롤의 앞발을 피하며,

"그렇다면!"

즐거운 듯이 중얼거리며 단테는 크게 뒤로 뛴다.

"나아가는 수밖에!"

외치며.

단테는 힘있는 말을 풀었다.


"…하아하아!"

달리기를 얼마나 했을까?

간신히 성에 도착한 소녀는 턱까지 차 오른 숨을 헐떡이며 상체를 기울인다.

두 팔을 무릎에 얹은 채로 쪼그려 앉아,

"…피곤해."

거칠어진 호흡을 가다듬는 소녀.

머리끝까지 몰려온 피곤에 머리가 찌잉 아프다.

"어쨌든… 재밌었으니까."

나름 즐거운 듯이 웃으며 고개를 들던 소녀는,

"하이."

하며 인사를 건네는 남자의 모습에 그대로 몸이 굳는다.

"히이익!"

정면에서 빙긋빙긋 웃고 있는 단테의 모습에 찌잉 어깨를 떨며,

"그 전력을?!"

엉겁결에 소리치는 말에 단테는 가벼운 어조로,

"아니, 날아왔고."

"……."

라는 말에 소녀는 일단 침묵.

이윽고 머리를 감싸 안고 고꾸라진다.

"아뿔싸!"

바닥에 고꾸라져 흐느끼는 소녀를 보며 단테는 역시 무릎을 굽히고 앉아서,

“뭐, 잘 보니까 다들 날 수 있는 녀석이 없는 것 같아서.”

화사한 얼굴로 비수를 박는다.

“이이익!”

놀리는 어조에 소녀는 새빨간 얼굴을 해서는 팔짝 뛰어 뒤로 물러난다.

다다다 뒤로 달려가 일순간에 거리를 벌린 소녀.

“아직 끝나지 않았어!”

왼팔을 길게 치켜 올리며,

“가니메데!”

갸오오오!

외치는 말에 부응하듯이 성안 어딘가에서 음습한 울음소리가 들린다.

“하아?”

질린 표정으로 눈을 가자미처럼 뜨는 단테의 앞에,

콰르르르!

무서운 신음을 지르며 성안에서 시커먼 것이 날아오른다.

그것은 그대로 단테를 향해,

“파이어 볼!”

콰아아앙!

기다렸다는 듯이 풀어내는 파이어 볼에 그대로 숯검정이 되고,

“하지만 약하고.”

바닥에 처박혀 모락모락 연기가 피어오른다.

그 모습에 소녀는 그대로 바닥에 쓰러져,
"하, 하지만 주 전력은 전부 아래에 배치했는거어얼!"
눈물 콧물을 팍 쏟으며 흐느낀다.
"아, 미안."
저도 모르게 일단 사과한 단테.
흠흠, 헛기침을 하며 분위기를 가다듬는다.
"자, 그럼!"
하고 외치는 단테의 말에,
"졌어요오오오!"
소녀는 별안간 무릎을 꿇고 두 손을 싹싹 빌었던 것이다.

천재 미소녀 흑마술사.
아이리스.
12세에 일반 과정을 수료.
15세에 고급 과정을 수료.
콘서트마스터의 지위를 수여받다.
마도의 정점.
생명에 관한 의문.
학업을 접고 연구를 시작한다.
길은 멀고, 끝이 없지만, 그녀는 홀로 걷는다.
그러나.
모차르트.
살리에르의 시기.

독을 품고 쓰러진다.

지식을 안고 가라앉는가?

아니!

그럴 수 없다.

그녀는 시대의 천재.

모독에 대항하여 살길을 찾는다.

그리고 마침내 발견한 길.

유사 인간.

호문클루스.

자신의 복제.

인간을 창조한다.

그녀의 새로운 그릇.

그녀는 그것에 자신의 이름을 나누어준다.

이리스라고,

"…였던 것입니다!"

무척 잘난 척하며 아이리스는 당찬 어조로 말한다.

"하아?"

그것을 마주 보며 저도 모르게 단테의 눈이 가늘어지고,

"하아?"

같은 표정으로 피아레 또한 눈썹을 찌푸린다.

"…이상한 분이네요."

마주 보며 아리사도 한마디.

"이익!"

셋이서 교환하는 따스한 의견 일치에 아이리스는 발끈하지만,

"아아, 알겠어."

손을 들어 제지하는 단테에 의해 일단 가라앉는다.

"그런데 언제 온 거야? 피아레와 아리사는?"

"언제쯤이지?"

묻는 말에 피아레는 시선을 돌려 아리사에게 묻고,

"…천재 미소녀… 부터일까요."

그녀는 고개를 갸웃하며 대답한다.

"거의 처음이네."

단테는 한숨을 내쉬었다.

차분하게 이야기를 들어볼 요량으로 단테는 소녀 아이리스와 성에 들어온 것인데,

"이야기는!"

탁자를 내려칠 기세로 손가락을 휙휙 저어가며 아이리스가 풀어낸 이야기가 이것.

마치 서사시라도 되는 양 떠들어대는 말에 단테는 저도 모르게 이마에 힘이 가고,

"그러니까 무슨 소리?"

복잡한 것은 딱 질색인 피아레의 반응은 이렇고,

"…에에, 하지만… 주인님."

아리사는 단테의 소매를 당기며 갸웃한다.

"…이상해요."

"그렇지?"

묻는 말에 단테는 고개를 끄덕.

"오라버니이잇!"

눈짓을 주고받는 단테와 아리사의 모습에 참지 못하고 피아레는 달려들어,

"저도 알고 싶다구요옷!"

"윽! 알았으니 떨어져, 이 스티커야!"

허리에 매달린 그녀를 단테는 간신히 떼어낸다.

"간단한 이야기야."

의아한 듯이 갸웃 고개를 기울이는 피아레를 보며 단테는 한숨을 내쉬었다.

"너도 이따금 머리라는 것을 좀 쓰지 그러냐. 아니, 미안. 내가 잘못했어!"

저도 모르게 진심을 말한 대가로 단테는 싹싹 손을 빌어 사과한다.

"…에에, 어쨌든, 자칭 천재 미소녀 흑마술사인 아이리스는 누군가의 저주를 받아서 죽어가게 되었고, 그래서 자신의 몸으로 더 이상 버틸 수가 없어서 자신과 똑같은 카피를 만들어서 그 안에 자신의 영혼을 넣으려고 했던 거야."

"…헤에?"

"홋! 그 정도는 별거 아니니까."

더럽게 잘난 척하는 아이리스를 보며 단테는 턱을 괴고는,

"확실히 그 정도는 별거가 아니겠지만."

“…문제가 있었던 거죠?”

“흡!”

빤히 쳐다보는 단테와 가만히 바라보는 아리사의 시선에 아이리스는 일순간 말이 막히고,

“이리스.”

“…자아가 있었네요.”

“흡!”

덧붙이는 말에 완전히 몸이 굳어버린다.

“자아라고요?”

“그래.”

단테는 어깨를 으쓱하며 말했다.

“빈껍데기에 불과한 호문클루스에 이리스라는 자아가 생겨난 거지. 그런 상황에서 영혼을 덧씌워 봤자… 음, 뭐랄까. 카피의 입장에서 보면 바이러스 같은 것으로밖에 볼 수 없겠지.”

“하지만 지금은 그… 아이리스의 인격이잖아요.”

“뭐, 어쨌든 일단 쑤셔 넣은 게 아닐까 싶은데. 그렇지?”

“우욱!”

“…정답인가 보네요.”

“뭐, 할 수 없는 일이겠지. 다시 그릇을 만들 시간은 없었을 테고, 죽음은 코앞일 테고. 그래서 급한 대로 자아가 있어도 무시하고 일단 옮겼다… 일까. 그렇지?”

“…응.”

묻는 말에 아이리스는 조그맣게 고개를 끄덕인다.

"그런 거야 어쩔 수 없다고 치지만, 이리스."

힐끗 쳐다보며 떠올리는 말에 아이리스는 순간 움찔.

단테는 씨익 웃으며,

"아이리스, 네가 붙은 이름이지?"

"…응."

우물거리는 아이리스를 보며 단테는 상냥하게 웃으며,

"너, 바보냐?"

"웃!"

가차없이 쏘아붙인다.

"생각이 있는 거냐, 없는 거냐? 마도를 배웠다면 이름이 얼마나 중요한지 모를 턱이 없을 텐데, 콘서트마스터라는 지위까지 있는 녀석이 자신의 그릇에 이름을 붙여? 이름을 붙이면 무슨 일이 벌어지는지 몰라? 그게 얼마나 멍청한 짓인지 몰라?"

"우우웃!"

스스슥 다가오며 웃는 얼굴로 독설을 내뱉는 단테.

"미안해요! 죄송해요! 제가 바보예요오!"

완전히 구석에 몰린 아이리스는 쓰러진 채로 울며 사과한다.

"저기, 오라버니."

그때 피아레가 소매를 당기며,

"멍청한 짓이에요?"

"…아주 멍청한 짓이지."

갸웃 묻는 말에 단테는 담백한 어조로,

"호문클루스의 제조에 자아가 생긴 경우가 아주 없었던 것은 아니야. 하지만 그것은 보통 놔두면 며칠 못 가고 사라지고 말아. 애초에 인간이 만들어낸 불안정한 생명체니까. 하지만 이름을 붙인다면, 더구나 그것이 마도를 다루는 흑마술사가 이름을 붙이게 되면, 그것 자체가 하나의 계약이 되는 거야. 그건 이를테면 이런 거지."

여기에서 일단 말을 끊고,

"그러니까."

잠시 숨을 고르던 단테의 말을 가로막으며,

"…이 이름으로 나와 함께 살아가자."

무심코 중얼거리는 아리사의 말에 단테는 엉겁결에 입을 다문다.

"…월간 메이드?"

"…네, 주인님."

"…그렇구나, 그거. 대단하네, 월간 메이드. 나도 언제 읽어 봐야겠어."

어딘지 쓸쓸한 어조로 먼 곳을 바라보며 중얼거린다.

"…오라버니."

팔을 당기는 피아레 덕분에 간신히 정신을 차린 단테.

'핫!' 하고 표정을 바꾸더니 다시 아이리스를 쳐다보며,

"어쨌든 그런 멍청한 짓을 저지른 거지, 저 바보는."

"…우우."

단테의 말에 아이리스를 고개를 획 돌리며 뿌우 볼을 부풀리다가,

"뭘 잘했다고 토라져? 아앙?"

"아파! 아파팟!"

볼을 잡아당기며 들어 올리는 단테에게 매달려 바둥거린다.

단테는 귀찮고 피곤한 표정을 노골적으로 보이며,

"좀비 소동에 대해서 설명해 보시지."

"…웃!"

싸늘한 어조로 묻는 말에 아이리스는 순간 움찔하고,

"……."

말없이 시선을 피한다.

"하아?"

그런 아이리스를 보며 단테는 머리를 긁적이더니,

"말 안 하면 피아레에게 넘길 거야, 너."

"아앗! 그것만은!"

"무슨 의미예요, 그거?"

날뛰는 피아레를 보며 아이리스는 단번에 안색이 파래져서는,

"…그, 그러니까……."

우물쭈물 말했다.

"…이리스가 마을 사람들과 친해지고 싶다고 하기에… 조금… 재미 삼아."

"니가 원인이었냐아!"

"히이익!"

"…얼굴이 파래요, 주인님."

"아아앗! 오라버니, 진정! 진정!"

허리에 매달리는 피아레와 아리사 덕분에 간신히 정신을 차린 단테.

그제야 목을 조르던 손을 놓고는 고개를 돌려 먼 하늘을 올려다본다.

"아이리스."

"……."

"실수는 누구나 할 수 있는 일이야. 그런 건 자그마한 오해로부터 비롯되는 일이지만, 정신을 차리고 보면 눈덩이만큼 불어나서 스스로 해결할 수 없는 일에 이를 때도 있어. 그래, 이번 일도 그런 것이라고 생각해. 아이리스도 일이 이렇게 커져 버릴 것이라고는 생각하지 못했겠지. 그래서 지금에 와서는 아차 후회를 해도 돌이킬 길이 없어서 고민하고 있던 것이라 생각해. 그렇다면 어떻게 해야 할까?"

"……."

"…그래, 말하지 않아도 알아. 아이리스는 자신의 카피라고 해도 이리스를 지우고 싶지 않았던 걸 거야. 아마 동생 같은 마음이겠지. 그렇다면 어떻게 해야 할까? 자신도 살고 아이리스도 사는 법은? 찾아봤겠지만 찾지 못했겠지. 하지만 그렇다고 포기해서는 안 돼. 그건 그저 여기에 없었을 뿐이잖아. 세상은 넓어. 이 끝없이 넓은 세상 안에는 틀림없이 그런 방법이 있을 거야."

"……."

"…그래, 찾아야지. 우리는 그 세상에 뛰어들지 않으면 안 돼."

"……."

"…그래, 나는 그런 아이리스를 돕고 싶어. 그러니까 아이리스."

그렇게 말하며,

"우리 같이 여행을 시작하자."

마치 오월의 햇살과 같은 미소를 지으며 단테는 고개를 돌려 아이리스를 향해서 손을 내민다.

그리고 그 손의 저편에는,

"……."

말없이 정신을 잃고 쓰러진 아이리스가 있었다.

아까 목을 조른 것이 지나쳤던 걸까?

단테는 삐질삐질 땀을 흘리며 끼이익 고개를 돌려 피아레를 쳐다본다.

아이리스의 가슴에 귀를 갖다 댄 피아레는 고개를 좌우로 저으며,

"…오라버니, 숨을 안 쉬는데요."

가볍게 손을 젓는 피아레를 보며 일순간 단테는 경직.

"이런, 젠장!"

"…에에, 죽었나요?"

"피아레! 기술 써! 기술!"

"네, 오라버니! 큐어 크리티컬 하운즈!"

"…충격 요법으로 나갈까요?"

"우왓, 안 돼! 때리지 마, 아리사!"

"에잇! 그렇다면 애니메이트 데드!"

"얌마! 그만둬! 아직 죽진 않았다구우웃!"

이런저런 대소동 끝에 간신히 아이리스는 되살렸다는 것을 덧붙이자,

"다요?"

결코 평범하지 않은 말투를 중얼거리며 이리스가 일어난 것은 해가 슬슬 기울어질까 싶은 늦은 오후였다.

어쩐지 목이 아프다고 생각하며 상체를 일으킨 이리스의 눈앞에는,

"아! 정신 차렸다."

"…괜찮아요?"

걱정스러운 표정의 예쁜 언니가 두 명.

그중에 유난히도 화려한 금발을 하고 있는 언니는 고개를 돌려,

"오라버니잇! 일어났어요!"

외치며 힘차게 달려가는 저편에는 바위에 한 발을 척 하고 올린 남자가 있다.

흐릿한 기억 속에서 어딘지 낯익어 보이는 뒷모습의 오빠는,

"훗."

하고 짧게 웃고는,

"아이리스."

언니의 이름을 부르며 천천히 고개를 돌린다.

"다요?"

아, 멋지다!

마음속 어딘가가 찡할 만큼 석양을 등진 모습이 멋지다.

그는 붉게 내려앉은 태양의 저편에서 환한 미소를 머금은
채로,

"아니, 이리스."

"이리스, 맞다요."

부르는 이름에 이리스는 저도 모르게 대답한다.

"멜로디 안단테 칸타빌레. 하지만 그냥 단테라고 불러."

"…단테?"

갸웃하는 이리스에게 다가와 그녀의 머리를 쓰다듬으며 상
냥하게 미소 짓는다.

"실수는 누구나 할 수 있는 일이야. …(중략)…그래, 이번 일
도 그런 것이라고 생각해. …(중략)…그렇다면 어떻게 해야 할
까?"

"……."

"…주인님."

"…오라버니."

찌잉!

잘은 모르겠지만 멋진 말..

눈을 동그랗게 뜨는 이리스의 저편에는 가자미눈을 하고 쳐다보는 피아레와 아리사.

"…아이리스를 어떻게 생각해?"

"언니다요."

단번에 돌아오는 대답에 단테는 다시 '훗!' 하더니,

"……하지만 그렇다고 포기해서는 안 돼. 그건 그저 여기에 없었을 뿐이잖아. 세상은 넓어. 이 끝없이 넓은 세상 안에는 틀림없이 그런 방법이 있을 거야."

"…다요?"

"그래, 찾아야지! 우리는 그 세상에 뛰어들지 않으면 안 돼."

"…찾는다요?"

"그래, 나는 그런 너를 돕고 싶어! 그러니까 이리스."

그렇게 말하며,

"우리 같이 여행을 시작하자."

마치 오월의 햇살과 같은 미소를 지으며 단테는 고개를 돌려,

"여행을 한다요?"

고개를 갸웃 기울이는 이리스를 향해서 손을 내민다.

"…잘은 모르겠지만."

그 손을 한참을 말없이 쳐다본 이리스는 고개를 끄덕였다.

"마음속 어딘가가 찌잉! 했다요."

"…틀림없이 아까 맞은 데가 안 좋은 거야."
"…저도 그렇게 생각해요, 아가씨."
"둘 다 조용히 해."
찌리릿 노려보며 단테는 말을 자르고,
"자아, 이리스."
팔을 활짝 펼친 단테를 향해서 이리스는 뛰어든다.
환하게 웃으며 매달리는 이리스를 두 팔로 껴안으며…….
모든 것은 계획대로.
속으로 썩은 미소를 날리는 단테였다.

CHAPTER 03
세상의 중심에서 사랑을 외치다!

안단테
칸타빌레

“달다요! 맛있다요!”
이리스가 이렇게 시작을 끊으면,
“훗! 단것이 맛있다는 것은 서민의 풍류!”
코웃음을 치며 잘난 척 피아레가 거들고,
“…하지만 보통 달면 맛있는 걸요, 아가씨.”
아리사가 한마디 하는 것이 일상의 시작.
여관의 1층에 자리 잡은 평범한 식당에서 신나게 떠드는 일행을 보며,
“하아.”
저도 모르게 한숨을 내쉰 단테는 턱을 괴고 고개를 돌린다.
찌르르르르!

녹음이 푸른 계절.

이름을 알 수 없는 풀벌레 우는 소리를 듣는다.

"하아."

다시 한 번 한숨.

시선을 창밖으로 돌리며,

"가을인가."

한숨이 섞인 어조로 중얼거린다.

"뭘 그렇게 침울해져 있는 거예요, 오라버니?"

"…아침마다 똑같은 패턴이 반복되면 보통 지겨우니까."

"흐응. 그러니까… 그것이 인생입니다!"

"…네가 말하니까 무지 설득력없다."

이런저런 허튼소리를 주고받고 있을 그때,

"꺄아아아아악!"

우당탕탕!

화려한 비명을 지르며 누군가가 데굴데굴 식당 안으로 굴러 들어왔다.

"히이익!"

"으아아아!"

깜짝 놀랄 그 광경에 식사를 하던 사람들은 일순간 비명을 터뜨리더니,

"……."

순식간에 썰물처럼 가라앉아 조용해진다.

"아, 오늘 일과가……."

"흐음, 가오리 랩터스가 또 졌구먼."

"내 차암, 그러니까 다른 팀 응원하라니까."

애써 시선을 돌리고 딴청을 하는 사람들을 보며 일행은 눈을 동그랗게 뜨지만,

"세상이 다 그런 거지."

단테는 가볍게 어깨를 으쓱한다.

대낮에 갑주를 입은 여자가 데굴데굴 굴러 와서 비명을 질러도 생각해 보면 남의 일.

굳이 끼어들어서 좋은 일이 없다는 것은 이 세계의 진리지만,

"공주님이 위험해요!"

데굴데굴 굴렀던 것치고는 꽤 또랑또랑한 어조로,

"누가 좀 도와주세요!"

여자는 벌떡 일어나 소리친다.

무심코 돌린 시선은 단테와 마주치고,

아차!

허겁지겁 눈을 돌리려고 해도 여자는 달려들 듯이 뛰어올라,

"우왓!"

"도와주세요오오!"

단테에게 달려와 소리를 지른다.

"자, 잠깐!"

싫어하는 단테의 입장은 깨끗하게 무시.

“도와주세요오오, 여행자니이임!”

매달려 소리를 높이는 그 어조에 돌연 피아레의 눈빛이 희번덕!

“공주님이?”

“예, 공주님이!”

“위기야? 몹쓸 놈들에게?”

“…예!”

“좋았어어어! 정의 구현!”

바싹 움켜쥔 주먹을 내렸다 올리며 테이블을 박차고 뛰어오른 피아레!

“당장 멸살로 결정!”

여자의 멱살을 움켜쥐고는 힘차게 식당 밖으로 달려나간다.

“…주인님?”

그 광경을 말없이 지켜보던 아리사는 고개를 기울여 단테를 바라본다.

“알았어, 알았다고.”

할 수 없이 자리에서 일어선 단테.

“가면 되잖아.”

의욕없는 어조로 투덜투덜 중얼거리는 손가락을 치켜들며 말했다.

“아리사와 이리스는 여기서 기다려.”

“…네.”

“알았다요.”

동시에 고개를 끄덕이는 아리사와 이리스를 보며 다시 말없는 한숨.

"귀찮아."

진심으로 귀찮아하며 가게 밖으로 걸어나간다.

"저기인가?"

의욕없는 시선으로 주변을 살핀 끝에 대충 감이 오는 가까운 숲으로 뛰어간다.

"꺄아아아!"

이윽고 약속된 듯 들려오는 여자의 비명.

그제야 서둘러 달려간 단테의 앞에는,

"꺄아아아! 살려주세요오오!"

피아레의 뒤에 매달려 부들부들 떨고 있는 데굴데굴 여자.

그리고 그 앞에 침착한 표정으로 서 있는 소녀가 또 한 명.

침착한 표정으로 말없이 그늘진 저편의 어둠을 노려보는 그녀는 척 봐도 고귀하고 아름다운 소녀였다.

그녀가 아마도 공주님.

"……."

말없이 노려보는 공주님의 맞은편에는 어둠을 등지고 시커먼 그림자가 서 있었다.

"하아앗!"

날카로운 기합과 함께 뛰어오르려는 피아레!

하지만,

"싫어요! 무서워요옷!"

뒤에서 발목을 잡아당기는 여기사에게 붙들려 앞을 바로 자빠지고,

"뭐 하는 짓이야아아!"

"그치마아아안! 무서우니까!"

벌떡 일어나 화를 내는 피아레에게 찰딱 달라붙어 여기사는 울먹인다.

"으으음."

이 광경에는 어둠 속에 잠겨 있던 그림자도 당황한 듯 헛기침을 하고,

"에에, 그러니까……."

몹시 민망스러워하며 어둠 속에서 조금 앞으로 걸어나온다.

그제야 드러나는 자객은 역시나 온통 검은색.

눈만 간신히 드러난 모습으로,

"이것은 경고다."

그는 잡고 있던 짧은 단검을 늘어뜨리며 말한다.

"당장 돌아가라. 그렇지 않으면 틀림없이 후회하게 될 거다."

"하! 웃기지 마라! 악당에게 굴복하는 정의는 없다!"

"…이마가 까진 채로 말해봤자 안 무서워."

"시, 시끄러! 홀드 퍼슨!"

벌컥 화를 내며 피아레는 성스러운 말을 풀어낸다.

그러나,

"아하하!"

허공에 떠오른 오랏줄을 무시하며 유유히 웃으며 뒤로 물러나는 자객.

"아닛!"

깜짝 놀라는 피아레.

"통하지 않는다!"

자객은 펄쩍 뛰어 근처의 나무 위로 둥실 떠오른다.

허공에서 빙글 돌아 나무 위에 멋지게 두 발은 디디고는,

"이 몸도 신자!"

자신의 품을 가리키며

"헌금은 꼬박꼬박 냈던 것이다!"

"아뿔싸!"

"…그러면 되는 거냐."

저도 모르게 한숨을 내쉬는 단테는 보며 피아레는 조그맣게 고개를 끄덕인다.

이 반응에 단테는 일단 침묵.

자객은 '크크크!' 하고 몹시도 기분 나쁜 웃음을 토하며,

"어쨌든 경고는 했다!"

외치며 훌쩍 뒤로 뛰어 어둠 속으로 사라진다.

"아앗! 놓쳤다!"

"숲으로 도망쳤어요!"

"…확실히 이렇게 되면 어디로 숨었는지는 모르지만."

하지만,

"이러면 어때? 파이어 볼!"

콰르르릉!

아무렇게나 던진 파이어 볼은 숲으로 날아가 그대로 터지고,

"히이익!"

별안간 대화재가 일어나 시커멓게 타오르는 숲에서 자객의 비명이 올라온다.

"저기다! 매직 미사일!"

퍼어엉!

"끄아아악!"

비명이 터져 나온 장소를 어림잡아서 날린 매직 미사일에 맞은 자객은 도망칠 틈도 없이 깨끗하게 기절해 버렸다.

"잡아와!"

"알았어요!"

고개 끄덕이며 힘차게 숲으로 달려가는 피아레.

그제야 한숨 돌린 단테는 자신의 발에 매달려 벌벌 떠는 기사를 보며,

"적당히 좀 해!"

"꺄아악!"

힘껏 내려친 춉에 머리를 맞고 여자는 엉겁결에 뒤로 물러난다.

"아파요오오오!"

"시끄러! 기사 주제에 무슨 간이 그렇게 작아?"

"여자니까요!"

“흡!”

단호하게 잘라 말하는 여기사의 말에 단테는 엉겹결에 입을 다문다.

“…….”

힐끗 시선을 돌리니 말없이 자신을 바라보는 공주가 있다.

단테는 소리를 죽여 기사의 귓가에 대고,

“혹시 말을…….”

“아니, 아니. 그냥 말수가 적으신 것뿐입니다!”

설마 싶어 묻는 말에 기사는 고개를 가로젓고는,

“아참, 인사가 늦었습니다. 도와주셔서 감사합니다.”

단테를 마주 보며 꾸벅 고개를 숙였다.

아까는 경황이 없어서 자세히 보지 못했는데 이제 보니 여기사도 상당히 미인이었다.

단테와 비슷한 또래로 보이는 기사는 여자치고는 상당히 장신이어서 단테와 키가 비슷할 정도였다.

스타일도 좋고 키도 훤칠한 미인이라서 갑주도 무척 잘 어울렸지만,

“아까는 무서워서… 무서워서… 죽는 줄 알았어요.”

겁은 무지 많다.

“저는 신디 사이저입니다. 편하게 신디라고 불러주세요.”

자신의 이름을 밝힌 여기사 신디는 공주를 가리키며,

“그리고 저분은… 발라드 왕국의 에프레아 공주님입니다.”

“뭐?”

아무렇지도 않게 말하는 신디의 소개에 단테는 할 말을 잃었다.

"…에프레아."

발라드 에프레아.

그녀는 단테의 약혼녀였다.


"일단 설명 부탁해."

"네."

피아레가 끌고 온 자객을 근처 나무에 매달며 단테는 신디에게 물었다.

그녀는 생각을 정리하는 듯이 미간을 모은 채로 고민하더니 이내 설명을 시작했다.

신디가 모시는 공주님의 이름은 발라드 에프레아.

그녀는 이 나라에서 그리 멀지 않은 왕국의 공주님으로 약혼자와의 대면을 위해서 인터루드 왕국으로 가던 도중이라는 것이다.

약혼자라는 말에 단테는 물론이고 피아레도 그 순간 움찔했지만.

"……?"

"……."

눈빛으로 묻는 말에 단테는 말없이 고개를 가로젓는다.

"그렇다면."

어딘지 부은 표정으로 피아레는 입을 다물었다.

공주의 정체가 그의 약혼자를 사실을 알게 된 순간, 있는 힘껏 피아레에게 달려가 앞으로 어떤 일이 일어나도 자신에게 모두 맡겨달라고 미리 다짐을 받았던 것이다.

"인터루드 왕국에 가까워질수록 자객의 수가 점점 늘어나고, 처음에는 그저 위협에 불과했던 것이 이제는 슬슬 실력 행사! 아까는 정말이지, 무서워서… 무서워서……."

"짐작 가는 것은 없어?"

"…라고 하셔도 그다지."

"공주님은?"

"……."

묻는 말에 에프레아 공주는 말없이 고개를 가로젓는다.

"흐음."

단테는 턱을 괴고 생각에 잠겼다.

짐작되는 것은 영리와 권력, 알력에 관한 문제.

뭐, 어쨌든 막연히 생각을 떠올리는 것만으로 해결될 것은 아니고.

"그런데 공주님의 여행길치고는 호위가 적은데? 아니, 딱 잘라서 신디 혼자잖아."

"무슨 말씀을!"

단테의 말에 신디는 불쾌한 표정으로,

"저 하나로 일당백입니다!"

"……."

말없이 비난하는 단테와 피아레의 눈빛에 신디는 조용히 시선을 돌린다.

"처음에는 시중을 드는 하인 외에도 열 명이 넘는 기사단이 함께 왔습니다만, 시커먼 자객이 밥 먹는 도중에 들이닥쳐 위협을 하자 시중들은 모두 도망쳐 버렸고, 그날 밤 무서워서 함께 자던 와중에 어둠 속에서 등장한 자객이 기사단장님을 재차 위협했지만, 단장님을 필두로 우리는 당당한 어조로 '공주님을 납치해도 모른 척 눈감아줄 테니까 내 목숨만은 살려줘' 하며 당당하게 엎드려 빌었고……."

"……."

"…이봐."

"이에 당황한 자객들이 허점을 보인 순간, 용감하게 뒤를 향해 힘차게 달려들던 단장님은 그만 발을 헛디뎌 넘어지시고……."

"…뒤를 향해 달려들었다면 도망쳤다는 소리잖아요?"

"그렇지."

"이에 발가락을 움켜쥐고 데굴데굴 구르는 단장님을 보며 자객들은 '저런 녀석들에게 호위를 받다니 공주가 불쌍해' 같은 나약한 소리를 내뱉으며, 걸음아, 나 살려라 하고 도망을 쳤던 것입니다."

"…계속 들어야 해요?"

"일단 듣자."

노골적으로 투덜거리는 피아레와 단테의 말은 가볍게 무시.

신디는 감정이 격해졌는지 코를 훌쩍이며 말을 이었다.

"그러나 격렬했던 전투! 자신을 아끼지 않으셨던 희생! 그런 이유일까요? 자객이 사라지자마자 단장님은 부들부들 떨면서 삐끗한 엄지발가락이 너무너무 아파, 하시며 분한 마음을 꾸욱 삼키고 홀로 귀국을 하실 수밖에 없었던 것입니다."

"그런 이유냐?"

"…그만 둬, 그런 이유는."

"이에 남은 단원들도 부들부들 떨면서, '심장이 아파!', '만성 두통이 있어!', '무좀이 재발한 것 같아!' 같은, 차마 말로 다 표현할 수 없는 그런 무서운 이유로 허겁지겁 단장님의 뒤를 쫓았고, 저 또한 상황이 혼란한 틈을 노려서 말없이 귀국하려고 했지만… 울며 애원해도 붙잡은 팔을 놔주지 않으며 말없이 원망하는 시선으로 바라보는 가련한 공주님을 혼자 두고 떠날 수가 없어서 할 수 없이 여기에 이른 것입니다."

"……."

"……."

"그래서 저 혼자 남으면 무진장 무섭고, 도망치자니 혼자는 너무 눈에 띄니까 적당히 용병을 고용해서 상황이 어수선한 틈을 봐서 다시 도망치자는, 특별히 그런 이유로 들개와 다름없는 떠돌이 여행자 여러분에게 호위를 부탁할 수밖에 없었습니다."

퍽!

"…때려도 되요, 오라버니?"

"때린 뒤에 묻지 말라니까."

신디의 뒤통수를 발로 걷어찬 뒤에 묻는 피아레의 말에 단테는 한숨을 내쉬며,

"어쨌든 도와주기는 하겠지만."

고개를 돌려 허공에 매달린 자객에게 시선을 돌렸다.

"어쨌든 저 녀석에게 사정을 듣기로 하지."

라는 단테의 말에 자객은 '훗!' 웃으며,

"쉽게 생각하지 마라, 이 몸!"

당당하게 외치며 눈을 웃음의 형태로 일그러뜨렸다.

"요컨대 나한테 사정을 들을 수 있을 거라고는 생각하지 마라!"

"하아?"

큰 소리로 잘난 척하는 말에 단테는 눈을 가늘게 뜨며,

"믿는 구석이 있다?"

"물론이다!"

라는 말에 자객은 웃으며,

"이 몸은 그저 동네 사람에 불과하니까!"

"하! 에?"

당당하게 외치는 말에 아무렇지도 않게 받아치려던 단테는 그 순간 입을 다물고,

"…동네 사람?"

"그렇다."

저도 모르게 앵무새처럼 말을 반복하는 단테를 자객은 비웃으며,

"우연히 어젯밤의 상황을 목격하고 재미 삼아 흉내 내본 것이다."

"헛소리 작작해!"

"말이 되냐, 그게?"

퍼억!

더럽게 잘난 척하는 자객의 머리에 피아레와 단테가 동시에 던진 자갈이 꽂힌다.

"으윽! 성질 급한 사람들이군."

머리에 피를 줄줄 흘리면서도 자색은 태연한 어조로,

"뭐, 어쨌든, 나를 이렇게 잡아놔도 얻을 게 없다. 관리에게 신고해서 감옥에 넣어봤자 유치한 장난이라며 금방 풀려난다."

"…흐응."

유유히 웃으며 말하는 자객(?), 동네 주민(?)을 보며 단테는 입술을 달싹이더니,

"저기 산불 난 게 보여?"

말하며 손을 뻗어 뒤 산을 가리킨다.

"헉!"

그것에 저도 모르게 시선을 쫓던 자객은 순간 몸이 굳었다.

그곳은 아까 단테가 던진 파이어 볼의 영향으로 활활 타오르는 중이었다.

"서둘러!"

"어떤 녀석이?!"

"물을 가져와!"

동네 주민들이 허겁지겁 물을 나르며 진화 작업이 한참이었던 것이다.

"니가 산불을 냈다고 마을 사람들에게 던져 줄 거야."

"핫! 웃기지 마라! 성실하게 살아온 이 몸을 의심할 사람은 아무도 없다! 더구나 너 같은 떠돌이 나그네의 말을 마을 사람들이 들을 거 같나?"

자객은 자신만만하게 말했지만,

"확실히 내 말은 믿기 어렵겠지."

"물론이다!"

"하지만 예쁜 아가씨와 시커먼 복면 자객이라면 누구의 말을 들을 거라고 생각해?"

"헉!"

가볍게 받아치는 단테의 말에 자객은 이내 할 말을 잃는다.

"…하, 하지만 감옥까지는 아슬아슬하게 세이프! 그 정도의 범죄를 저지르며, '저놈 정말 열받아!' 같은 듣기 좋은 평판을 몰래 들으며 착실하게 살아온 나! 마을 사람들은 틀림없이 이 몸의 편이다!"

"…예전부터 그렇게 살았냐, 넌?"

허튼소리를 지껄이는 자객을 보며 단테는 질린 표정을 지었다.

"저 사람이 범인이에요!"

"촌장님, 저, 저쪽이……."

마을에 끌고 간 결과,

"이 자식이이!"

"당연히 네놈이 범인이다앗!"

"이 녀석! 옛날부터 때려주고 싶었어!"

"그래그래! 예쁜 여자가 범인일 리가 있냐!"

피아레의 한마디에 분노한 마을 주민들에 의해서 멍석에 말려 두들겨 맞은 끝에 울면서 싹싹 빌었던 자객은 정말로 마을 사람이었다는 것은 밝혀두자.

어처구니없는 일이 태연하게 벌어지는 세상이었던 것이다.


방문을 열자마자 공주는 쓰러지듯 침대에 누웠다.

아침부터 대소동으로 정신적 스트레스는 극에 달해서 옷을 갈아입는 것도 각하.

"피곤해."

이불 속으로 기어들어 가며 그녀는 탄식했다.

한적한 마을의 여관.

남자인 단테가 하나.

공주인 그녀가 하나.

신디를 포함한 나머지가 하나.

이렇게 세 개의 방을 빌려서 공주는 그 중간을 쓰기로 했다.

그러다 문득 그녀는 이상한 낌새를 눈치 채고,

"……."

말없이 몸을 일으켜 창가를 바라보았다.

그곳에는 어슴푸레한 달빛을 등 뒤에 받으며 하나의 검은 그림자가 창가에 하나.

"크크크!"

그것은 몹시도 기분 나쁜 목소리로 웃음을 흘렸다.

그리고,

"라이트닝 볼트!"

콰르르르!

별안간 침대 아래에서 구르듯 튀어나온 단테가 힘있는 말을 뱉는다.

"끄아아악!"

정통으로 번개를 맞은 그림자는 그대로 창가 안으로 떨어지고,

"히이이이!"

밟힌 벌레마냥 꿈틀꿈틀 몸을 비틀었다.

그리고, 그 앞에는 공주가 자신만만한 자세로 스스로 팔짱을 꼈다.

"이럴까 싶어서 에프레아와 내가 자리를 바꿨다!"

큰 소리로 무진장 잘난 척 외치는 여자는 피아레!

그렇기는 하지만,

"뭐, 실제로 도움이 된 것 같지는 않지만."

단테는 어깨를 으쓱하지만,

"그런 건 상관없어요, 오라버니!"

피아레는 '훗!' 하고 웃는다.

“일단 대사는 했으니까!”

“…그럼 되는 거냐?”

“물론이죠!”

자신만만하게 가슴을 내미는 피아레를 보며 단테는 머리를 긁적긁적.

이윽고 한숨을 내쉬며 자객에게 다가가 준비한 밧줄로 몸을 묶었다.

그리고,

“일어나.”

말하며 뺨을 두드려 깨운다.

“…핫!”

이윽고 정신을 차린 자객.

“으으으!”

잡힌 사실을 깨닫고 신음한다.

“알고 있는 사실을 다 말해.”

단테의 차분한 말에 자객은 눈을 가늘게 뜨고,

“하! 으하하하하하!”

별안간 큰 소리로 웃기 시작했다.

“웃기지 마라! 나한테 정보를 얻을 생각은 안 하는 게 좋을 거다!”

거들먹거리며 외치는 말에 단테는 눈살을 찌푸린다.

“대체 뭘 믿고……”

중얼거리며 자객의 복면을 벗기던 단테는,

“아닛!”
마침내 드러난 얼굴에 저도 모르게 비명을 지르고,
“이럴 수가!”
“세상에!”
단테와 피아레의 신음이 한데 어우러지며,
“우하하하핫!”
여기에 자객의 웃음소리가 시끄럽게 방 안을 뒤흔들었다.
그것은 마치 열병을 앓는 것만 같았다.


“너는?!”
두건을 움켜쥔 채로 단테는 식은땀을 흘린다.
“…또 너냐아아앗?!”
퍼억!
인정사정없는 발차기에 화려하게 날아가는 자객은 오후에
봤던 마을 사람.
단테의 일격에 창가로 데굴데굴 굴러간 자객은 비틀비틀 상
체를 일으키며,
“우하하하! 역시 통하는군!”
별안간 기쁜 듯 웃는다.
“도대체 왜?”
“그거야 이런 시골에는 재미있는 일이 별로 없기 때문이
다.”
곧바로 대답하는 말에 단테는 일순간 침묵하더니,

“나가 죽어, 이 자식아!”

발끈하며 창문 밖으로 걷어차 버렸다.

“끄아아아!”

점차 멀어지는 비명.

창문 밖으로 날아가며 도플러 효과.

“정말이지…….”

투덜거리며 단테는 침대의 가장자리에 걸터앉는다.

“…흐웅.”

눈을 가늘게 뜨며 그 옆에 피아레가 앉았다.

“신경 쓰여요?”

“…뭐가?”

“약혼자.”

빙긋 웃으며 묻는 말에 단테는 입을 다물고,

“쳇!”

혀를 차며 시선을 돌렸다.

“…그런 거 아니야.”

“아하?”

퉁명스럽게 말하는 단테를 보며 피아레는 입을 가리고 웃었다.

“우후후! 오라버니도 차암.”

하는 말에 단테는 한숨을 쉬며,

“그런 거 신경 쓰지 않아. 어차피 망국의 왕자. 일방적으로 파혼 선언을 당해도 할 말 없고… 또… 지금까지 얼굴도 몰랐던 상대인데 약혼자라고 말하기도 우습지.”

“…흐응.”

아무렇지도 않은 듯이 애써 표정을 감추는 단테를 보며 피아레는 묘한 표정을 지었다.

“마음에 들었던 거예요, 그 여자?”

“…오늘 처음 봤는데 그럴 턱이 있냐.”

“하지만 첫눈에 반한다는 이야기도 많잖아요. 보통.”

“나, 그런 성격 아닌 거 몰랐냐?”

“남녀 관계란 모르니까.”

“…어쨌든 더 이상은 나와 무관한 이야기야. 너도 신경 꺼라.”

“그러죠.”

심각한 단테의 어조에도 피아레는 가볍게 끄덕끄덕.

“하지만요.”

검지를 치켜 올린 채로 좌우로 흔들며,

“저는 사실 처음부터 반대였어요, 이 약혼.”

“…반대였어?”

“네.”

묻는 말에 피아레는 단호한 어조로,

“나, 그 여자 무지 싫으니까.”

딱 잘라 말하는 동생을 보며 단테는 킥킥 웃었다.

“그래.”

말을 가리지 않는 녀석.

피아레는 그런 성격이었다.

"하긴."

단테는 키득 웃으며,

"이런 이야기, 좀처럼 해볼 시간이 없었지."

두 손을 깍지 껴서 뒤통수에 갖다 대며 중얼거린다.

그 말에 피아레는 뿌우 볼을 부풀리며,

"오라버니는 바로 왕국을 떠났으니까."

"…그랬나?"

모른 척하는 단테의 말에 피아레는 찌릿 노려보며,

"그렇게 서둘러 떠날 필요가 어디 있었죠? 더구나 찾아가도 늘 집에 없고. 마치 일부러 피하는 것처럼."

부들부들 주먹을 떠는 그녀의 말에 단테는 하하 웃으며 손을 내젓는다.

"설마 그럴 리가……."

"…일부러 피했군요?"

"아냐, 아냐."

말하며 단테는 시선을 피한다.

"역시 일부러 피했어엇!"

"잠깐."

벌떡 일어나 소리 지르는 피아레를 향해 단테는 손을 내밀며,

"손님이 왔어."

"…네?"

엉겁결에 시선을 쫓아 피아레가 향한 곳에는,

끼이익!

낡은 소리를 내며.

마을 사람을 걷어차고 닫았던 창문이 소리없이 조금씩 열린다.

그리고 마침내 활짝 열려진 창문으로 바람이 휘몰아치며,

휘이이잉!

시커먼 어둠을 배경으로 그것이 창가에 발을 디딘다.

"이번엔 진짜인 것 같은데……."

조용한 어조로 중얼거리며 단테는 피아레를 자신의 뒤로 민다.

"오라버니!"

"물러서."

항의하는 말은 무시.

단테는 창문을 통해서 들어선 자객을 말없이 노려보며 왼편 허리에 찬 브로드 소드에 손을 뻗었다. 온몸을 시커먼 천으로 덮은 자객은 늘어뜨린 오른손에 단검을 움켜쥔 채로 단테를 향해 차가운 시선을 쏘아냈다.

그것은 마치 파충류처럼 차가운 눈빛이었다.

"…마을 사람은 아닌 것 같군."

"일단은 경고를 하기 위해 왔다. 목숨이 아깝거든 경호를 거절하고 돌아가라. 아니, 경호를 해도 좋다. 공주도 돌아간다면."

"…거절한다면?"

"상관없다."

가볍게 대꾸하며 자객은 시선을 돌려,

"그러면 직접 묻겠다."

피아레에게 눈빛을 던진다.

"목숨이 아깝거든 돌아가라, 공주."

라는 말에 피아레의 눈은 점이 된다.

그녀는 단테를 돌아보며,

"여기서 가리키는 공주는 에프레아겠죠?"

"…그렇겠지."

묻는 말에 단테는 고개를 끄덕인다.

"허어."

그 말에 어이가 없다는 듯이 자객은 비웃으며,

"아닌 척하는 건가? 하지만 어림없지."

"아니, 진짜로."

설레설레 손을 내젓는 단테의 대답에 자객은 일순간 삐질거리며,

"…하지만 인상착의가 틀림없는데……."

나직이 중얼거리는 말에 단테는 볼을 긁적이며,

"인상착의가 어떤데?"

묻는 말에 자객은 잠시 침묵.

이윽고 가슴을 내밀며 큰 소리로 외쳤다.

"수려한 미모에 민짜 가슴!"

“죽어어엇!”

퍼억!

완전히 열받은 피아레가 던진 의자에 맞고 우당탕 뒤로 나뒹군다.

“으윽! 이렇게 난폭할 수가!”

줄줄 흐르는 코피를 한 손으로 틀어막으며 자객은 코맹맹이 소리를 내더니,

“해치워!”

한 손을 뒤로 빼서 Go! 사인을 던지며 큰 소리로 외친다.

동시에,

콰르릉!

창문 주변이 와르르 무너지며 십여 명의 자객이,

“홀드 퍼슨!”

기다렸다는 듯이 성스러운 말을 풀어내는 피아레!

푸른 밧줄이 놈들을 휘감으려는 순간,

“이그노어!”

피아레에게 의자를 맞고 나가떨어졌던 자객이 허공을 향해 힘있는 말을 외친다.

동시에 자객을 옭아매려던 밧줄은 사라지고,

“아닛!”

“죽어라!”

깜짝 놀라 몸이 굳은 피아레를 향해 단검이 날아든다.

“하앗!”

기합을 지르며 단테는 브로드 소드로 단검을 튕겨내고,
퍽!
"헉!"
허공에 튀어 오른 단검은 달려들던 자객의 가슴에 박힌다.
"옆방으로 가, 피아레!"
외치며 단테는 비틀거리는 자객의 가슴에 박힌 단검 자루를
발로 걸어찼다.
"끄아악!"
깊숙이 칼날이 박힌 자객은 절규하며 뒤로 나뒹군다.
"하지만 오라버니!"
"이 정도는 별거 아니야!"
달려드는 자객을 침착하게 옆으로 피하며,
"서둘러!"
단테는 피아레의 등을 떠밀었다.
"알았어요!"
허겁지겁 뒤로 물러서며 피아레는 달려간다.
"놓칠쏘냐!"
"시끄러!"
외치며 달려드는 자객을 향해,
"매직 미사일!"
콰르릉!
고함을 지르며 날린 매직 미사일이 사정없이 놈의 머리를
후려친다!

"끄아악!"
데굴데굴 구르는 놈을 걷어차며 단테는 길을 연다.
"조심해!"
"오라버니도!"
피아레가 방을 나서기가 무섭게 단테는 문을 닫고,
"이 앞으로는 한 걸음도 못 나간다!"
당당하게 소리치며 문에 등을 기댄 채로 브로드 소드를 수직으로 세워 든다.
"하! 웃기지 마라!"
이에 비웃는 어조로 먼저 방에 들어섰던 리더인 듯한 자객이 단검을 눕혔다.
"죽어라!"
시선을 옆으로 던지며,
"매직 미사일!"
단테의 시선이 쫓기를 기다려 한 발의 매직 미사일을 날린다.
이것은 사람의 반사 작용을 이용한 속임수.
하지만,
"매직 미사일!"
기다렸다는 듯이 풀어낸 단테의 매직 미사일 세 발이 허공에 떠오른다.
파팡!
일순간 리더의 매직 미사일을 격추하고,

"아닛!"

퍼어엉!

놀라서 몸이 굳은 리더의 가슴에 남은 두 발이 꽂힌다.

"대장!"

외치며 남아 있는 자객들이 리더를 향해 허겁지겁 모여든다.

그리고,

"오지 마!"

입가에 피를 흘리며 절규하는 리더의 말이 떨어지기가 무섭게,

"라이트닝 볼트!"

단테는 왼손으로 손목을 움켜쥔 오른손 바닥을 리더를 향해 가리킨 채로 힘있는 말을 풀어낸다.

콰르르릉!

시퍼런 번개가 모여든 자객 무리를 향해 떨어지고,

"헉!"

"아뿔싸!"

"끄아아아악!"

수만 볼트의 번개에 감전된 자객들은 잠시도 견디지 못하고 방 안 구석으로 내동댕이쳐진다.

부르르 몸을 떨며 나가떨어진 자객이 셋.

리더의 말에 재빨리 몸을 피한 자객이 다섯.

그러나 그중에는 매직 미사일을 두 방 맞고 전력으로는 이

미 논외인 리더도 있다.

"으으윽!"

순식간에 벌어진 상황에 리더는 할 말을 잃고 신음한다.

그리고,

"이놈!"

아무렇지도 않게 앞으로 걸어나온 단테가 허겁지겁 달려드는 자객의 옆구리를 돌려차기로 걷어차고,

빠악!

"끄악!"

갈비뼈가 나간 듯 끔찍한 소리와 함께 자객은 벽에 처박힌다.

이제 남은 자객은 넷.

리더는 턱을 쩍 벌린 채로 할 말을 잃는다.

"네, 네놈! 정체가 뭐냐?!"

간신히 쥐어짠 어조로 묻는 말에,

"마에스트로⋯ 라면 알겠어?"

단테는 가볍게 말하며 목에 걸고 있던 목걸이를 보여준다.

"⋯헉!"

리더는 그것이 무슨 의미인지 알고 있는 듯 얼굴이 새파랗게 변한다.

단테는 몹시도 가벼운 어조로 말했다.

"자아, 너희는 이제 남은 인원이 넷. 하지만 그중에 당신은 그다지 전력이 될 거라고 볼 수는 없을 터. 그렇다면 실제적인

전력은 셋. 이걸로 나를 뚫고 옆방으로 갈 수 있겠어? 아니, 갈 수 있을지도 모르겠지만 희생이 적지 않을 거라고 보는데……. 그렇다면 여기서 물러나는 편이 어때? 나는 혼자이고 그쪽은 다수이니 특별히 쫓아갈 의향은 없고."

가볍다 못해 명랑하기까지 한 단테의 말에 리더는 말없이 신음하고,

"…덧붙여, 가능하다면 다시는 오지 않았으면 좋겠어."

생각났다는 듯이 손뼉을 마주치며 덧붙이는 말에 리더는 눈썹을 찌푸린다.

그는 고개를 돌려 남은 자객을 힐끗 보고는,

"철수다!"

외치며 미련없이 뒤로 빠진다.

남은 자객도 정신을 잃은 동료를 업고 사라졌다.

"이걸로 안심하지 마라! 우리는 반드시 돌아온다!"

"…포기할 줄 모르는 녀석들."

어둠 속으로 사라지는 자객들이 외치는 말에 단테는 속으로 한숨을 내쉬었다.


"후후후! 여기까지 왔으니 여관 주인도 포기했겠죠?"

"…거야 그렇겠지."

악당의 얼굴을 하고 사악한 대사를 내뱉는 신디를 보며 단테는 피곤한 어조로 맞장구를 친다.

은빛 바다가 짙게 깔린 세계.

짙은 안개로 한 치 앞도 구분할 수 없는 그곳을 일행은 걷고 있었다.

여관에서 자객의 습격이 있고 난 뒤로 꼬박 반나절.

이런저런 여파로 슬슬 불타오를 기미가 보이는 여관.

사정을 설명해 봤자 보상은 피할 길이 없고,

단테는 짐을 챙겨서 두말없이 도망쳐 나온 것이다.

단테를 선두로 공주와 신디, 그리고 만약을 대비해서 피아레와 아리사가 뒤를 맡아서 따라온다.

야밤부터 시작된 강행군으로 지친 이리스는 단테가 업고 있고 불만이 많을 거라고 생각했던 공주는 의외로 조용하다.

하지만,

"피곤해요오오! 다리 아파요오! 업어줘요오오!"

비틀비틀 걸으며 고릴라처럼 팔을 늘어뜨린 신디가 아우성친다.

"…너 진짜 기사냐?"

"여자니까요!"

질린 얼굴로 묻는 말에 대답은 한결같고,

"…하아!"

한숨을 내쉬며 잔소리를 늘어놓으려는 그 순간,

스스슥!

풀숲을 헤치며 걸어나오는 소리가 들렸다.

"벌써?"

단테는 깜짝 놀라 허겁지겁 물러선다.

습격이 있고 반나절이다.

뒤를 덮칠지도 모른다는 생각은 했지만 그래도 이건 너무 빠르다.

다친 자객을 치료하고 인원을 보충하는 것에 필요한 최소의 시간은 하루.

설마 반나절 만에 인원을 추스르고 다시 덤벼들 것이라고는 예상치 못했다.

하지만,

"어서 오시지!"

일단은 기세!

허풍을 떨며 단테는 브로드 소드를 뽑아 든다.

그때,

"꺄아아악!"

"이것 놔! 꺄아아!"

별안간 들려오는 비명은 등 뒤에서!

"이런 젠장!"

허겁지겁 달려가려는 그 순간,

"히이이이이익!"

"우왁!"

별안간 바지를 붙잡고 늘어지는 신디에 잡혀 단테는 그대로 고꾸라진다.

퍼억!

안면 슬라이딩으로 코가 까진 채로 꿈틀거린다.

“너, 이 자시이이익!”

완전히 열받은 단테는 멱살을 움켜쥐지만,

“하지마아안! 하지만! 무서워요오오!”

눈물 콧물을 흘리며 다리에 매달려 부들부들 떠는 신디의 모습에 일순간 기가 약해진다.

“…제발 적당히 좀 하라고.”

“시끄러워라.”

할 수 없이 투덜거리는 단테의 말에 이어 별안간 들려온 차분한 목소리는 이리스.

그녀는 매달린 단테에게서 내려와 그를 올려다보며,

“무슨 일이야?”

“…아이리스?”

“물론.”

언제 바뀐 걸까?

고개를 끄덕이는 소녀는 아이리스.

“마침 잘됐어. 날씨 조종이라는 기술 쓸 수 있지?”

“6레벨의 위더 컨트롤?”

“그래. 쓸 수 있으면 이 안개 좀 어떻게 해봐.”

“홋! 그거야 별거 아니지.”

다그치는 단테의 말에 아이리스는 가볍게 코웃음을 치더니 두 팔을 번쩍 치켜 올리고는 주문 영창에 들어간다.

“히이익! 뭔가 다가와요오오오!”

“알았으니까 이것 좀 놔!”

비명을 지르는 신디에 맞춰 엉겁결에 소리를 높이는 단테.

때마침 주문을 완성한 아이리스가 힘있는 말을 외친다.

"위더 컨트롤!"

손바닥을 타고 떠오른 새하얀 빛은 허공에 떠올라 순식간에 사라지고,

휘이이잉!

번뜩이며 빛을 발한 새하얀 안개는 일순간 바람에 떠밀리듯이 갈라져 흩어진다.

"오케이! 잘했어!"

갈라진 안개에 비로소 드러난 시야.

단테는 브로드 소드를 늘어뜨리며 뛰어나가지만,

"기다려!"

이미 늦었다!

"오라버니!"

"…주인님."

뒤편에는 시커먼 자객에 붙잡힌 일행.

"다가오면 이들의 목숨은 없다!"

"구해줘요, 오라버니♥"

"…구해주세요, 주인님♥"

긴장감 제로.

"…진짜 잡힌 거야?"

어딘지 즐거워 보이는 피아레와 아리사를 보며 단테는 머리를 긁적이고,

"당연하죠!"

눈이 마주친 피아레는 시선을 피한다.

"트, 특별히 붙잡혀서 왕자님이 구해주는 공주를 동경한 것은 아니니까! 그래요! 그저 때마침 위기에 빠진 것뿐입니다! 그러니까 오해를 하시면 곤란해요!"

"…그래요, 곤란해요."

덧붙여 항의를 하는 말에 단테는 말없이 시선을 돌리고,

"핫! 물론이다! 그러니까 얌전히 굴어!"

시선이 마주치자 자객이 소리친다.

"…뭐, 그건 아무래도 상관없는데……."

단테는 몹시도 지겨워하며 시선을 돌려 정면을 바라보았다.

"울면서 도망친 지 하루도 지나지 않았는데 다시 나타났다 싶더니 저런 녀석들을 데리고 온 거군."

그곳에는 스무 살 전후로 보이는 세 명의 젊은 남녀가 그를 바라보며 낮은 웃음을 짓고 있었다.

하나의 말을 나누어 말하더니,

"그렇다."

"우리들이."

"너를 상대한다."

셋은 한 목소리로,

"마에스트로!"

같은 어조로 하나의 호칭을 부른다.

"그렇군."

그리고,

"너희들도 아카데미 출신이군."

그것에 반응하여 단테는 쓴웃음을 지었다.

"그렇다!"

"우리 또한 아카데미 출신!"

"그대의 상대로 부족함이 없다!"

다가오는 그림자에 단테는 뽑아 든 검을 올리고,

"거친 질풍의 라인!"

외치며 왼팔을 수평으로 펼친 것은 사제 복장의 남자.

스무 살 전후.

단테보다는 조금 위일까?

훤칠한 키에 눈매가 날카로워 보이지만 어쨌든 제법 미남.

한 걸음 앞서 나가며 두 팔을 번쩍 들며 자세를 잡는다.

"붉은 화염의 제인!"

다음으로 말을 받은 것은 전사 차림의 여자.

젊은 여자는 까만 머리의 미인이었지만 어딘지 갑주가 전혀 안 어울려 보이는데, 흑마술사의 왼편에 서서 오른손을 길게 좌로 펼친다.

"하얀 손길의 루인!"

마지막으로 외친 것은 흑마술사의 남자.

화려한 금발의 남자는 새까만 로브를 휘날리며 왼손을 우로 펼친다.

사제 복장의 남자 라인을 중심으로 삼각형으로 펼쳐 자세를

잡으며,

“셋이 모여 컬트 삼총사!”

콰르릉!

외치는 말이 신호가 되어 등 뒤에서 폭발이 일어난다.

지이이잉.

포즈를 취한 채로 감동한 듯이 주르륵 눈물을 흘리는 셋을
보며 일행은 눈이 점이 된다.

“…이봐.”

한숨을 내쉬는 단테의 어조에 자객은 시선을 피하고,

“모, 몰랐습니다… 저도.”

몹시도 미안해하며 고개를 좌우로 저었다.

“어, 어쨌든 네 녀석의 상대는 저분? …들이다!”

“…싫은데.”

진심으로 싫어하며 단테는 의욕 없이 셋을 바라본다.

“우하하하!”

“오호호호!

“하하하핫!”

한숨을 내쉬는 단테를 보며 셋은 의기양양해서는,

“싸우기도 전에 기가 꺾인 건가?”

“마에스트로도 별거 아니군.”

“상대할 것도 없겠네요.”

제멋대로 내뱉는 말에 단테는 머리를 감싸 쥔다.

“……”

“오라버니, 멸살입니다!”

“…그래요. 힘내세요, 주인님.”

“어쩐지 짜증나니까 빨랑 해치워요!”

등을 떠미는 말에 할 수 없이 칼을 쳐든다.

“어째서 이런 일에 아카데미 출신이 끼어들었는가는… 대충 짐작 가니까 묻지 않겠어. 하지만 인질극까지 벌이는 이유는 뭐야?”

“그거야 떼로 덤비면 무섭기 때문이다!”

“……”

바로 대답하는 라인의 말에 단테는 고개를 숙인 채 두 손으로 얼굴을 감싸고,

“간다!”

그 순간을 노리기라도 한 듯,

“나의 검을 받아라!”

무서운 바스타드 소드를 움켜쥔 채로 휘청거리며 붉은 화염의 제인이 달린다.

“가호의 축복을!”

“무서운 마술을!”

어정쩡한 자세로 기술을 준비하는 거친 질풍의 라인과 하얀 손길의 루인을 보며,

“하아!”

단테는 한숨을 내쉰다.

“받아라라앗!”

어쨌든 간신히 달려와 검을 치켜든 전사 제인!

할 수 없이 뛰어오는 단테를 보며 슬쩍 미소를 짓더니,

"에잇!"

별안간 검을 던지며 두 팔을 단테를 향해 내민다.

"파이어, 꺄악!"

퍼억!

하지만,

미처 주문이 완성되기도 전에 뛰어오른 단테의 발에 얼굴을 짓밟혀 땅바닥에 처박힌다.

"…뭐, 이런 거겠지."

고꾸라진 제인의 머리를 발로 밟은 채로 단테는 시선을 돌렸다.

"아닛!"

"이럴 수가!"

일순간에 벌어진 일에 라인과 루인은 쩍 입을 벌린다.

"설마……?"

"눈치 챘냐?"

"…뭐, 그거야…….."

경악한 듯이 되묻는 말에 단테는 머리를 긁적이며,

"빈틈을 노릴 생각이었겠지만, 거친 질풍의 라인, 붉은 화염의 제인, 하얀 손길의 루인, 그거 아무리 생각해도 차례로 전사, 흑마술사, 사제의 별명이잖아."

"히익!"

"아뿔싸!"
"생각이 짧았어엇!"
단테의 말에 셋은 머리를 움켜쥐며 쓰러지고,
"…더할 거야?"
"물론이다!"
어쩐지 측은해져서 자상하게 묻는 말에 라인은 벌떡 일어나 외치고,
"…그전에 잠시 장비 좀 바꿀 시간을."
"아, 그래."
타임을 외치는 말에 단테는 손가락을 까딱까딱 흔들었다.
정말이지, 여러 가지로 지치게 하는 적이었다.

새삼스럽게 차가운 바람이 분다.
흔들거리는 나뭇가지를 멍하니 바라보던 단테는 문득 고개를 돌려 그들을 바라보았다.
"준비 다 된 거야?"
지겨워하며 묻는 말에,
"훗!"
"당연하죠!"
"물론이다!"
셋은 잘난 척하며 고개를 끄덕인다.
"어휴."
그 반응에 단테는 머리를 긁적긁적.

“그럼 시작하겠어.”

이내 한숨을 내쉬며 왼손을 올려 선언한다.

“오라버니, 멸살입니다!”

“…주인님, 힘내세요.”

“죽어도 뼈는 추슬러 줄께♡”

“…….”

“지면 의뢰비 없습니다!”

기다렸다는 듯이 쏟아지는 진심 어린 격려(?)에 단테는 말없이 한숨을 내쉬고,

“스트라이킹!”

그 틈에 루인이 라인의 검에 성력을 불어넣는다.

“오옷! 좋았어!”

새빨간 빛으로 타오르는 검을 치켜 올리며 라인은 기세 좋게 외친다.

하지만,

“그렇다면 이쪽도.”

중얼거리며 단테는 검을 들어 올려,

“스트라이킹, 블리스, 그리고 이어서 헤이스트.”

콰르르릉!

“뭐, 뭣?!”

“히익!”

“말도 안 돼!”

연쇄적으로 쏟아지는 주문에 셋은 쩍 입을 벌린다.

“그럼 일단!”

외치며 뛰기 시작한 단테의 바로 정면에는 루인이 있었다.

“조심해!”

“알고 있어!”

“제인, 주문을!”

소란스럽게 말이 헝클어지며 셋은 동요한다.

“우선.”

“우왓!”

파앙!

엄청난 속도로 달려들어 브로드 소드를 치켜 올리는 단테!

쨍그랑!

“끄아아악!”

라인의 장검은 잠시도 견디지 못하고 깨져 나가고,

“피하면 더 아파.”

검이 부서진 충격을 이용해서 번쩍 떠오른 단테.

“그게 말이… 헉!”

퍼억!

허겁지겁 뒤로 물러나려는 라인의 턱에 돌려차기를 먹인다.

채 말을 끝내지 못하고 발라당 나자빠지는 라인.

“꾸엑!”

그것을 그대로 밟고 지나가며 단테는 내달려,

“다음.”

“히이익!”

곧장 달려간 앞에는 루인이 서 있다.

설마 그렇게 빨리 라인이 쓰러질 줄은 몰랐던 듯,

"이, 이럴 수가!"

루인은 허겁지겁 품 안에서 나뭇가지를 꺼내 들고,

"스틱스 투 스네이… *끄악!*"

"늦어!"

미처 말을 풀기도 전에 뛰어오른 단테.

퍽!

"헉!"

두 손으로 루인의 뒤통수를 움켜쥐며 뛰어올라 무릎으로 안면을 찍는다.

이에 잠시도 견디지 못하고 허물어지는 사제.

"히이이이!"

사방으로 화려하게 흩어지는 루인의 코피에 뒤에서 주문을 준비하던 제인은 저도 모르게 비명을 지르고,

"오지 마요오오오!"

뒤로 넘어진 채로 바동대며 제인은 부들부들 떤다.

"흐응."

콩!

눈물 콧물을 쏟으며 싹싹 두 손을 빌고 있는 제인의 머리에 알밤을 먹이며 단테는 브로드 소드를 칼집에 넣는다.

"…뭐, 대충 끝났다 싶은데……."

"도, 도움이 안 돼!"

일순간에 나가떨어진 셋을 보며 자객은 고개를 떨군다.

"이럴 수가!"

걷어차인 턱을 움켜쥔 채로 비틀거리며 라인이 일어서고,

"…이렇게 차이가 나다니……!"

"아니."

울먹이는 듯한 어조에 단테는 머리를 긁적였다.

"너희들이 바보라서 그런 거야."

자르는 말에 셋은 몸이 굳는다.

"…바, 바보입니까, 우리들?"

더듬거리며 묻는 제인에게 단테는 냉랭한 어조로,

"진지하게 싸울 생각이라면 호칭을 떠들지 말았어야지."

힐끗 고개를 돌려 말한다.

"거친 질풍이라면 속도 위주의 검사일 테고, 붉은 화염이라면 불 계열이 특기. 여기에 호칭을 바꾸고 처음 덤벼든 뜻이 사제가 아닌 흑마술사라면, 결국 다시 말해서 사제는 기술 구현이 빠른 공격 계열은 쓰지 못한다는 의미겠지. 이 조합에 그 성격이라면 셋이 모인 시점에서 첫 기술은 검사에게 강화 계열의 기술을 퍼부어주고 달려들어서 검사가 시간을 버는 동안 사제가 간섭하고, 여기에 흑마술사가 화염 계열의 큰 기술을 걸 터. 그렇다면 예상할 수 있는 주문은 스틱스 투 스네이크즈와 파이어 월."

"헉!"

"……!"

“히이익!”

코를 움켜쥔 채로 피를 줄줄 흘리는 사제를 제외한 둘의 경악이 듀엣으로 울려 퍼진다.

“그렇다면 결론은 간단. 상대가 예상한 타이밍보다 빨리 움직이면 되는 거지.”

“…….”

단테의 태연한 말에 셋은 할 말을 잃고,

“자아, 그러면 이제 자객 씨 당신은 어떻게 할래? 설마 이 상황에서도 되잖은 인질극을 떠들지는 않을 테고.”

고개를 돌려 자객을 바라보며 묻는다.

이 말에 자객은 어깨를 으쓱하더니,

“우하하하하!”

돌연 큰 소리로 웃기 시작했다.

“하아?”

그 반응에 단테는 눈을 가늘게 뜨고,

“물론, 물론! 나 혼자로 이길 수는 없겠지, 당신을!”

두 팔을 좌우로 펼친 채로 그는 광기에 어린 어조로 말한다.

맛이 간 듯한 어조에 단테는 조용히 눈살을 찌푸리다가,

“이런 젠장! 엎드려!

그 순간 불현듯 떠오른 생각에 단테는 소리쳤다.

“죽어라앗!”

“실드!”

모두가 몸을 숙인 것과 때를 맞춰 자객의 고함과 단테의 힘

있는 말이 펼쳐진 것은 거의 동시에 일어난 일이었다.

그리고,

콰르르릉!

두 팔을 번쩍 치켜 올린 자객의 몸이 자폭을 하며 사방으로 흩어졌다.

"피아레에에엣!"

시커먼 연기가 올라오는 황량한 숲에는 단테의 고함만이 어지럽게 울렸다.


"피아레에에엣!"

"네, 오라버니!"

말이 떨어지기가 무섭게 대답은 바로 들어오고,

"…무사해?"

소리가 들려오는 쪽으로 단테는 허겁지겁 달려 피아레를 찾는다.

"마침 아리사가 눈치를 채서 방어 기술을 준비하고 있었어요."

가볍게 말하는 피아레의 대답에 단테는 비로소 한숨을 내쉬었지만,

"무섭다요, 무섭다요!"

"…저도 걱정해 주세요."

"……."

"무서웠어요오오오!"

한 박자 늦게 뒤이어 터지는 이런저런 항의에 단테는 맥없이 웃는다.

"뭐야, 다들 무사했네."

"…원망할 거예요, 주인님."

"아앗! 우리는 도매 값?! 너무해해해애앳!"

시끄럽게 항의하는 말에 단테는 손사래를 치고는,

"잠깐잠깐! 그 이야기는 일단 나중에 하고."

뒤로 돌아서 루인 일당에게 다가간다.

단테는 맛이 가 있는 라인의 멱살을 움켜쥐었다.

"일단 너희 동료가 저렇게 자폭을 해서 말이지, 내 피아레와 아리사 등이 다칠 뻔했다는 것은 너희들도 봐서 알겠지? 그래서 나 무진장 열받았거든?"

"으으!"

상냥하게 웃으며,

"어떻게 해줄까? 하나씩 빼는 건 뭐가 좋겠어? 손톱이야, 발톱이야? 개인적으로는 치아를 추천해 주고 싶어. 잘못 신경을 건드리면 꽤 아파서 발버둥 치며 죽어가는 광경이 아주 볼 만하거든."

"히이익!"

피아레에게는 들리지 않는 작은 목소리로 속삭이며 말한다.

"…우우우우!"

"제, 제발 목숨만은!"

"죄송합니다! 미안합니다! 숨 쉬어서 죄송합니다! 태어나서

미안합니다! 죄송합니다! 미안합니다! 잘못했어요! 용서해 주
세요오오! 저희가 모두 잘못했어요오! 살려주세요오오!”

눈물 콧물 범벅이 된 채로 한구석에 몰려서 울먹인다.

“흐응.”

두 손을 모아서 싹싹 빌고 있는 셋을 바라보며,

“하지만.”

단테는 씽긋 웃으며,

“싫어♥”

“히이이익!”

“제, 제바아알!”

“이러지 마세요오오!”

콰르르릉!

왼손에 떠오른 시퍼런 번개에 셋은 서로를 껴안으며 부들부
들 떤다.

“부, 부디 용서해 주세요오!”

“그래요! 부디, 마에스트로니임!”

“그럼요, 그럼요! 같은 학교 출신이잖아요! 동급생입니다!
친구잖아요!”

완전히 구석에 몰린 탓일까?

나이로 따지면 틀림없이 그쪽이 선배인데도 셋은 울면서 싹
싹 빌고,

“확실히.”

이것에는 단테도 마음이 흔들렸는지 번개를 지운다.

이에 셋은 비로소 한숨을 내쉬지만,

"하지만 너희들, 아카데미에서 잘렸잖아."

"……!"

덧붙이는 그대로 몸이 굳는다.

그 반응에 단테는 눈을 가늘게 뜨며,

"역시 그게 정답인가 보네."

"……."

날카로운 지적에 셋은 고개를 떨구고 눈물을 뚝뚝 흘린다.

"…네."

작게 고개를 끄덕이는 셋을 보며 단테는 웃으며,

"그래서 날 이기고 잘난 척하고 싶었다?"

"하, 하지만 얄미운 학장에게 한방 먹이고 싶었습니다아아!"

거의 자포자기의 어조로 훌쩍이는 루인.

"그러면 한방 먹여."

그 말에 단테는 고개를 끄덕이고,

"…네?"

의외의 대꾸에 셋은 눈이 점이 된다.

"못 들었어? 직접 가서 한방 먹이면 되잖아. 직접 찾아가기 무서우면 멀찌감치 떨어져서 학장의 방에 파이어 볼이라도 날려주라고."

"…에? 하, 하지만……!"

"그, 그치만… 그런 짓을 하면……!"

"완전히 퇴학이다?"

"…네."

눈물을 그렁거리는 제인의 머리를 쓰다듬으며,

"퇴학생이 앙심을 품고 파이어 월을 학장의 방에 날렸습니다. 이런 이야기, 소문이 나면 곤란한 쪽은 어디라고 생각해?"

단테는 히죽 웃었다.

"퇴학생과 재학생의 장난 중에 어느 쪽이 소문으로 위력이 클까? 그거야 뻔한 결론. 너구리 같은 학장이라면 틀림없이 퇴학 처분을 취소하고 일단 복학시킨 뒤에 너희들을 괴롭힐 방법을 떠올릴 거야. 그래, 적어도 나라면 그렇게 하겠어."

"우, 우와!"

"그, 그러면 되는 겁니까?"

"그런 성격이십니까, 마에스트로님은?"

저도 모르게 경어를 쓰기 시작한 제인 등등.

"하지만 그러면 복학이 되어봤자 문제잖아요!"

단테는 그 말에 가볍게 웃었다.

"괴롭히는 것은 무시하면 되는 거고, 벌 청소 따위는 안 하면 되는 거야. 여기서 다시 퇴학을 시킬 수는 없을 테니까, 학장은."

"…하지만 말씀처럼 그렇게 일이 쉽게 굴러갈까요?"

"뭐가 걱정이야? 어차피 밑져야 본전 아니야?"

몹시도 가벼운 단테의 한마디에 셋은 서로를 마주 보더니,

"확실히?"

"정말로?!"

"그렇군요!"

이윽고 납득한 표정으로 고개를 끄덕였다.

"…뭐, 그건 됐고."

대충 이야기가 정리되자 단테는 다시 왼손에 번개를 떠올린다.

"다시 이야기를 앞으로 돌려서."

"히이익!"

"어째서 다시이잇!"

"끝난 게 아니었습니까아앗?"

콰르르르릉!

울부짖는 셋을 향해서 단테의 가차없는 전격이 비처럼 퍼붓고,

"잘못했어요!"

"용서해 주세요!"

"살려주세요오오!"

엉망진창으로 두들겨 맞고 가진 돈까지 모두 털린 셋은 울면서 정체불명의 계약서까지 쓴 끝에 간신히 풀려나지만.

하지만 물론, 단테의 손아귀에서 셋은 평생 벗어나지 못한다.

대충 그런 미래였던 것이다.


"오오오! 드디어 여기까지 왔습니다!"

신디가 감격스러운 어조로 중얼거린 것은 대충 늦은 오후의 한때.

적당히 시간이 흐르면 또 적당히 배가 고플 듯한 그런 시간.

먼 시선으로 국경이 보이는 언덕이었다.

"이것은 모두 저의 뛰어난 수완! 대놓고 칭찬하셔도 괜찮습니다! 후후후!"

척하니 한 발을 바위에 얹은 채 어딘지 음산해 보이는 웃음을 짓는 신디.

"저거, 바보네요."

"…대놓고 말하면 그렇지."

직구로 던지는 피아레의 말에 단테는 시큰둥한 어조로 받았다.

그 후에도 몇 차례 덤벼든 자객의 무리.

가볍게 날리며 일직선.

정신을 차리고 보니 어느덧 국경이라고 해야 맞을까?

이 언덕을 내려서 곧장 걸어가면 인터루드 왕국.

약속한 호위는 거기까지.

하지만,

"여기까지 오면 안심입니다!"

신디가 불안한 대사를 날리자마자,

"여기까지다!"

언덕 너머의 숲에서 소리가 울린다.

"히이이이익!"

소리가 떨어지기가 무섭게 사사삭 달려와 다리에 매달리는
신디.

"당장 해치워 주세요오오오!"

"…그러면 좀 놔달라고."

매달려 부들부들 떠는 신디를 보며 단테는 한숨.

"……."

여전히 말없이 공주는 소리의 근원을 찾고,

"여기다!"

외치는 소리는 언덕의 저편.

"저기군!"

외치는 소리의 반대로 시선을 돌리며 단테는 두 팔을 펼치
고,

"라이트닝 볼트!"

콰르르릉!

반대편 숲을 향해 날린 번개가 새파란 전격의 줄기를 허공
에 긋는다.

"끄아아악!"

이와 동시에 저편에서 절규하며 나가떨어지는 자객!

"제기랄!"

거친 소리와 함께 숲 속에서 십여 명의 자객이 쏟아져 나온
다.

"모두 조심해!"

외치며 단테는 앞으로 달려나가지만,

“무서워요오오오!”

“우왁!”

또다시 바지를 붙잡고 늘어지는 신디에게 잡힌 단테는 정면
으로 머리를 처박는다.

“떨어져, 이 스티커야!”

“싫어요오오옷!”

할 수 없이 신디를 다리에 매단 채로 뛰어나가는 단테.

하지만,

“에잇! 이다요!”

퍼어억!

“끄악!”

이리스의 주먹.

“인섹트 플래그!”

콰르르르!

“우캬악!”

피아레의 날벌레 소환.

“에에, 토네이도 프라이팬… 일까요?”

콰지징!

“아파앗!”

아리사의 프라이팬 어택?

등등을 맞고 자객들은 잠시도 견디지 못하고 구석에 몰린
다.

“에어리얼 서번트!”

여기에 피아레는 다시 무형의 하인을 소환하고,

"전부 날려 버려!"

오오오오!

명령을 받은 무형의 하인은 자객을 집어 던져 숲의 저편으로 날려 버린다.

폼 나게 등장했지만 한순간에 구석에 몰린 자객 무리.

신음하며 꿈틀거리는 녀석들을 향해 척하니 검지를 내미는 피아레.

"너희들의 악행은 여기까지다!"

큰 소리로 당당하게 외치고는 고개를 돌려 단테를 보며,

"오라버니, 멸살입니다!"

"그래요! 그것이 정의입니다!"

별안간 벌떡 일어선 신디가 폼 잡으며 말을 거든다.

"…하아!"

매우 의욕이 없지만 그래도 일단 해야 하는 일.

단테는 무형의 하인에게 꼼짝도 못하는 자객들을 향해 왼손을 가리키고,

"컨쥬어 엘리멘탈!"

분명한 어조로 힘있는 말을 풀어낸다.

"실프!"

그리고,

"끄아아아아아악!"

한없이 꼬리가 긴 비명을 지르며,

휘이이이이이잉! 콰앙!

빙글빙글 회오리에 휩쓸려 저 높은 하늘로 솟구친 자객들이 다시 지상으로 떨어진 것은, 그로부터 한참의 시간이 지난 뒤였다.

"오케이! 떨어졌다!"

한 손을 미간에 대고 하늘을 올려다보던 단테는 엄청난 충격음과 함께 땅에 박힌 자객의 무리에게 달려간다. 그리고 유심히 복장을 보고 고른 끝에 어딘지 고급스러워 보이는 옷을 입고 있는 자객의 멱살을 잡고,

"이놈일까?"

"으으으!"

단테는 신음하는 놈의 복면을 벗겼다.

"아닛!"

비로소 드러난 얼굴에 별안간 비명을 지른 것은 신디.

"당신은?!"

그녀는 눈이 골뱅이가 되어 정신을 못 차리는 자객을 보며,

"이자를 알아?"

눈을 동그랗게 뜬 채 더듬거리는 신디를 보며 단테가 물었다.

"네."

그녀는 고개를 끄덕이고,

"그는……."

마침내 입을 여는 그녀의 말에 단테는 그대로 할 말을 잃

었다.

　“아는 사람이래요?”
　정신을 잃고 박혀 있는 자객 무리를 굴비마냥 차례로 엮던 피아레.
　말없이 이마를 짚는 단테의 반응에 후닥닥 달려와 묻는다.
　그 말에 단테는 머리를 긁적이더니,
　“인터루드 왕국의 왕자.”
　“…에엑?”
　한숨을 내쉬는 말에 피아레는 깜짝 놀라서,
　“…약혼자?”
　“그래.”
　되묻는 말에 단테는 고개를 끄덕인다.
　“어째서 약혼자가 그런 거죠?”
　“글쎄.”
　단테는 고개를 가로저으며,
　“이 경우는 나도 짐작을 못하겠는데?”
　“에엑! 오라버니도 몰라요?”
　“…기대했냐?”
　“네!”
　“…미안.”
　바로 대답하는 말에 단테는 할 수 없이 사과하고,
　“본인에게 직접 듣지.”

왕자의 멱살을 잡고 일으켜 뺨을 때렸다.
"이봐, 이봐!"
"……."
"…계속 기절한 척하면 여기서 안 끝나, 너."
"깨어났습니다!"
으스스한 단테의 말에 왕자는 번쩍 눈을 뜨고,
"정신 차렸으면 어째서 이런 짓을 했는지 말해."
"그건 대답 못하지."
퍽!
"끄악!"
발로 걷어차고,
쾅!
"꾸엑!"
프라이팬으로 후려친 뒤,
"때려줄까요, 오라버니?"
"…때려줄까요, 주인님?"
뒤늦게 묻는 피아레와 아리사.
"때린 뒤에 묻지 말라니까, 둘 다. 하지만 잘했어."
"으으옥! 이런 포악한 여자들이!"
"시끄러!"
투덜거리며 일어서는 왕자에게 단테는 화를 내며,
"습격이나 한 주제에 뭘 잘했다고 떠드는 거야?"
"왕자니까 괜찮아!"

“…….”

더럽게 잘난 척하며 큰소리치는 왕자의 말에 단테는 말없이 오른손을 들어,

“정말이지~”

따악!

“끄악!”

“헛소리를 들으면~”

따악따악!

“끄아아악!”

“나, 왠지 때리고 싶어져서~”

따악따악따악!

“끄아아아아아악!”

볼이 탱글탱글 부풀어 오를 때까지 단테는 쉴 새 없이 왕자의 뺨을 후려친다.

엉망진창으로 풀빵이 될 때까지 얻어맞은 왕자는 두 눈이 골뱅이가 된다.

“와, 왕자님!”

저 멀리서 들려오는 자객들의 절규에도 단테는 눈 하나 깜짝 안 하며,

“나, 정신이 나간 상대라도 신경 안 쓰거든.”

“그만 해줘! 내가 잘못했어어어!”

단테의 말에 왕자는 두 손을 모아 싹싹 빌기 시작했다.

“그러면 이제 이유를 말해보시지.”

"하, 하지만 이대로 아무것도 못하고 엉망진창으로 깨져서 붙잡혀 자백을 하는 건 조금 폼이 안 나서… 그러니까 조금… 다시 한 번 결투를 한다든지… 아무튼 기회를 줘어어어!"

필사적으로 단테의 다리를 붙잡고 매달리는 왕자의 말에 단테는 나직이 한숨을 내쉬고,

"…정말이지."

결국 고개를 끄덕일 수밖에 없었다.

"좋을 대로 하셔."

결국 이런 타입에 약한 단테였다.


새삼스럽게 차가운 바람이 분다.

흔들거리는 나뭇가지를 멍하니 바라보던 단테는 문득 하늘을 올려다보며,

"가을이네."

요즘 이런 일이 많아.

중얼거리며 왕자를 바라본다.

"흐음."

바라보는 시선에 왕자는 고개를 돌려,

"오라버니, 멸살입니다!"

"…힘내세요, 주인님."

"배고프다요. 졸립다요. 빨리 끝내고 잔다요."

"……."

"홋! 어쨌든 지면 의뢰비 없습니다!"

쳐다보는 시선의 끝에는 엄청 산만한 단테의 응원단이 있고,
"왕자님, 힘내는 거지 말입니다!"
"왕자님이라면 저런 약골은 단번에 끝내지 말입니다!"
"왕자님이 이기지 말입니다! 반드시 이기지 말입니다!"
끼이익 반대로 고개를 돌리니 어딘지 빗나간 어투로 응원하는 왕자의 응원단이 있다.
"우후후."
그 광경에 왕자는 힘없이 웃으며,
"어쩐지 시작하기도 전에 진 거 같아."
"…뭐, 그 기분은 이해하지만."
그 말에 단테는 뺨을 긁적인다.
"어쨌든 시작하자."
"그래."
할 수 없이 고개를 끄덕이며 왕자는 뛰어나오며,
"하아앗!"
기운 찬 고함을 지르며 왼쪽 허리에서 검을 뽑아 든다.
새파란 빛을 머금은 그것은 누가 봐도 상당히 고가의 명검이었고,
"히라아앗!"
기합을 넣으며 땅을 박차는 왕자의 기량도 발군.
하늘 높이 솟구쳐 올라 검을 치켜 올린 왕자는 두 팔로 단단히 자루를 움켜쥐고,

“매직 미사일.”

퍼어엉!

“*끄아아악!*”

별안간 떠오른 세 발의 매직 미사일을 맞고 데굴데굴 구른
다.

우당탕당!

멀찌감치 날아가 나무 밑동에 머리를 박는 왕자.

“아, 죽었나?”

“…아, 아직이야.”

갸웃하며 중얼거리는 피아레의 말에 왕자는 더듬거리며 말
했다.

“이, 이 정도로…….”

인정도 자비도 없는 무자비한 공격에도 왕자는 간신히 자세
를 추스르지만,

“라이트닝 볼트.”

콰르르릉!

“*끄아아아악!*”

기다렸다는 듯이 왕자를 향해 시퍼런 번개가 떨어진다.

시커멓게 그슬린 왕자는 일순간 몸이 굳었다가,

“아, 아직…….”

못다 한 말을 떠올리며 꿈틀꿈틀 몸을 비틀더니,

“아이스 스톰.”

휘이이이잉!

“…….”

마지막으로,

무서운 기세로 펼쳐진 눈보라에 왕자는 한순간에 얼어버렸다.

“…역시.”

“…역시나.”

“…역시 이거냐.”

차마 눈뜨고 볼 수 없는 광경에 자객 일동은 고개를 숙인 채 눈물을 흘렸던 것이다.


“비, 비겁해!”

이윽고 정신을 차리기가 무섭게 왕자는 거친 어조로,

“검술로 싸울 거라고 생각한 상대에게 별안간 주문을 쓰는 것은 너무하잖아!”

잔뜩 노려보는 시선으로 단테를 향해 고함을 지른다.

“이봐.”

그 말에 단테는 한숨을 내쉬며,

“뭐가 비겁한 건데? 당신이 칼을 쓴다고 나도 맞춰줘야 한다는 것이 말이 된다고 생각해? 당신이 지금까지 열심히 검술을 익히는 동안, 나 또한 이것저것 익힌 것뿐이야. 특별히 남의 힘을 빌린 것도 아니고, 특별히 비겁한 수를 쓴 것도 아니야. 당신이 검술밖에 없는 것에 비해 나는 이것저것 할 수 있었던 것뿐이야. 당신, 더 할 말 있어?”

"……."
단테의 냉정한 말에 할 말을 잃고 고개를 떨구는 왕자.
"자, 그러면 이제 슬슬 말해보시지. 무슨 이유야?"
단테의 말에 왕자는 말없이 입술을 깨물더니 이윽고,
"그건… 가슴이 작기 때문이다!"
"하아?"
느닷없는 말에 단테는 눈살을 찌푸린다.
"지금 뭐라고 하는 거야?"
되묻는 말에 왕자는 별안간 고개를 쳐들고는,
"에프레아의 가슴이 작기 때문인 것이다앗!"
오열하듯 외치는 말에 모두는 일순간 할 말을 잃고,
"그게 뭐야아아앗!"
무심코 외치는 고함이 겹쳐진다.
"아니, 고작 그런 이유로 지금 자객을 보냈다는 거냐?"
"그래요! 당신 머리가 이상한 거 아니야?"
"…저어, 정신 병원을 알려드릴까요?"
"에프레아는 가슴이 작다요?"
"……."
"당신이 무슨 짓을 한 건지 알아아아아앗!"
제각각 떠드는 말에도 왕자는 아랑곳하지 않고,
"가슴이 작은 여자가 싫은 게 뭐가 문제인데? 남자라면 당연한 거다!"
"그거야 그럴지도 모르지만… 그래도……. 보통 그런 이유로 일을 이렇게 벌이냐?"

버럭 화를 내는 왕자의 말에 단테도 엉겁결에 소리를 높였다가,

"야, 너희들도 뭐라고 말 좀 해봐! 너희 왕자가 지금 이런 헛소리를 하는데 가만히 있는 거냐?"

뒤돌아 외치는 말에 굴비 두름마냥 한데 묶인 자객들은 '홋!' 하고 웃더니,

"우리도 남자인 이상, 가슴 빵빵한 왕세자비님을 모시고 싶은 것이 당연하다!"

가슴을 활짝 펴며 한목소리로 말하고,

"…이봐."

"가슴이 작기 때문이라는 이유를 들었을 때, 우린 진심으로 울면서 평생 이분만을 따를 것을 마음속 깊이 맹세했던 것이다!"

"괜찮은 거냐? 그런 이유로?"

당당한 어조로 한목소리가 되어 외치는 말에 단테는 몹시 혼란스러워하며,

"아니, 그것보다 가슴 작은 왕세자비가 싫다는 이유만으로 너희들은 자폭까지 불사했던 거냐?"

"당연하다!"

라는 물음에 자객들은 태연한 어조로,

"그것이 남자인 거다!"

큰소리치며 더럽게 잘난 척 말하는 것이었다.

"…아, 아니."

"나, 왠지 못 따라가겠는데요, 오라버니."

"…저도 그래요, 왕자님."

"보통 그런 거예요?"

"아니, 나한테 물어도……."

느닷없이 집중되는 시선에 곤란해하며 단테는 왕자에게로 시선을 돌린다.

"너, 너희들!"

엉망진창인 얼굴인 데도 묘하게 차분한 얼굴로 왕자는 일어서서,

"흑! 너희들, 나를 울리다니……."

"왕자님, 지옥 끝까지 함께 가는 겁니다!"

목이 멘 어조로 외치며 자객 일동과 어깨를 감싸 안는다.

이 아름다운 광경에 단테 일행은 할 말을 잃고,

"…저어, 주인님."

아리사는 얼이 빠진 단테의 소매를 당기며,

"…그렇게 싫었으면… 자객을 보낼 것도 없이… 약혼을 취소하면 되지 않았나요?"

움찔!

가만히 묻는 아리사의 말에 왕자와 자객들은 순간 멈칫하더니,

"아차!"

"그런 방법이!"

“있었다아아아앗!”
깜짝 놀라며 서로를 마주 보고,
“몰랐던 거냐아아앗?!”
경악한 단테의 목소리만이 쩌렁쩌렁하게 울려 퍼졌다.
정말이지, 알 수 없는 세상인 것이다.


이른 가을이라고 해도 늦은 밤이 되면 바람이 차다.
그것은 숲이 아니라 마을이라도 다를 바가 없는 일.
단테는 여관에서 벗어난 뒤편 숲 속 길 한적한 바위에 앉아 있었다.
그는 쌀쌀한 날씨에 어깨를 조금 움츠리며 저편 하늘을 올려다보았다.
새하얀 별이 촘촘히 박혀 있는 밤하늘은 마치 춤을 추듯 원을 그리고,
“여기 있었나요?”
기다렸던 목소리는 그리 멀지 않은 곳에서 들려왔다.
고개를 돌려보니 단테의 시선의 끝에는 조용히 미소를 짓고 있는 신디가 있었고,
“누굴 기다리나요?”
“아니.”
묻는 말에 단테는 가볍게 고개를 가로저었다.
“알아서 오는 사람도 있고.”
말하며 단테는 바위에 양반다리로 앉은 채로 히죽 웃었다.

"저도 앉아도 되죠?"

"물론."

허락을 받자마자 신디는 단테의 옆에 앉았다.

"여러 가지로 고마웠습니다. 일단 인사를 해두겠어요."

"…바로 돌아갈 거야?"

"네. 일단 그렇게 됐으니."

말하며 신디는 쓴웃음을 짓고,

"하긴."

맞장구를 치며 단테는 고개를 끄덕였다.

약혼 이야기는 쌍방 동의로 취소.

자객을 보냈던 일은 단테의 중재로 막대한 배상금으로 눈감 아주기로 했고,

이에 단테는 여기서 또 한몫 챙겨서 이쪽에는 나름대로 이 익.

일단 이것으로 공주와 신디는 다음날 단테 일행과 헤어져 되돌아갈 예정인데,

"그러면 이제 기사 놀이는 끝인가?"

말하며,

"…공주님."

단테는 신디를 보며 분명한 어조로 말했다.

"후후."

그 말에 신디는 입을 가리며 웃더니,

"언제 알았나요?"

별안간 말투를 바꾸며 차분한 목소리로 물었다.

"글쎄."

단테는 어깨를 으쓱했다.

"사실과 거짓을 섞으면 진실을 구별하는 것은 쉽지 않으니까. 하지만 귀결은 언제나 같아서 말이지. 말이 없는 공주님이 사실은 여기사이고, 시끄러운 여기사가 사실은 공주님이라고 생각하면 모두 맞아떨어지더라고."

"…과연."

그 말에 신디, 아니, 에프레아는 고개를 끄덕이며,

"서툴렀다는 말이군요."

"아니. 너무 자연스러워서 이상했던 거야."

"저런, 아직 멀었네요."

단테의 말에 에프레아는 쓴웃음을 지었다.

"그런데."

에프레아는 고개를 돌려 단테의 눈을 바라보며,

"헤어질 즈음이 다 되어서야 이런 사실을 밝히는 이유가 뭐죠? 지금까지 쭉 모른 척하다가?"

"그다지."

묻는 말에 단테는 어깨를 으쓱하며,

"어쩐지 내가 눈치 챘다는 것을 당신도 눈치 챈 듯싶어서 말이지."

"흐응?"

"그래서 피차 깨끗하게 정리를 하고 싶어서."

갸웃하며 웃는 에프레아를 보며 단테도 따라 웃었다.

"어쨌든 서로 다시 볼 일은 드물 듯싶으니까. 그렇겠지?"

"…그렇네요."

라는 말에 그녀는 만족한 듯이 고개를 끄덕였다.

그리고 둘은 말없이 서로를 바라보았다.

주고받는 시선.

어딘지 못다 한 말이 입 안에 머물지만,

"그러면 여기서."

하고,

"안녕히."

먼저 인사를 남기며 공주는 뒤돌아 걷는다.

이걸로 깨끗하게!

스스로의 마음을 다잡으며 단테는 돌아서려 했지만,

"한 가지 묻고 싶은 게 있는데……."

저도 모르게 말을 꺼내는 자신이 있다.

"뭔가요?"

"…이제 와서 만약 약혼자가 나타나면 어떻게 할 거지, 당신은?"

"약혼자라니요?"

가벼운 어조로 되묻는 말에 단테는 입술을 질끈 깨물며,

"…멜로디 안단테 칸타빌레."

간신히 내뱉은 말에 그녀는 조용히 웃는다.

"아하."

그러기를 얼마나 지났을까?

말없이 깍지 낀 손을 입술에 대고 머뭇머뭇 부끄러운 태도로,

"그 사람이라면."

한숨을 내쉬듯 우물거리며 말한다.

"나라도 뺏긴 마당에 약혼자라고 다시 나타나면 무지 싫을 거 같아요, 저."

부끄러운 듯이 뺨을 붉히는 그녀의 말에 단테의 심장 어딘가가 와장창 깨져 나간다.

"그러니까 안녕히."

에프레아는 돌연 두 팔을 뒤로 깍지 껴서 빙글 돌아서,

"이름 모를 여행자 씨."

가벼운 인사를 남기고 사라져 가고, 남겨진 단테는 멀어져 가는 그녀의 뒷모습을 멍하니 바라볼 뿐이었다.


단테는 오랜만에 맛이 가 있었다.

햇살이 내리쬐는 해변 위의 벼랑에 앉아, 멍하니 바다를 내려다보며 동태처럼 썩은 눈을 하고 있었다.

"오라버니."

"단테 오빠?"

"…저어, 주인님."

좌우에서 들려오는 상냥한 목소리에 단테는 끼이익 고개를 돌린다.

“왜?”

찌리릿 노려보며 묻는 말에 피아레는 한순간 말이 막히고,

“…괜찮으세요?”

간신히 아리사가 대신 받는다.

하지만,

“아니.”

그 말에 단테는 고개를 좌우로 저으며,

“제기랄!”

돌연 벌떡 일어나 바다를 향해,

“두고 봐! 후회하게 해줄 테다아아아아앗!”

목이 터져라 버럭 고함을 지른다.

“…오라버니.”

그 모습에 피아레는 매우 걱정스러운 표정으로 쳐다보는데,

“피아레!”

“네?”

“멜로디 왕국, 재건! 해내겠어엇!”

“그, 그래요! 그래야 단테 오라버니죠!”

자포자기로 내뱉는 말인데도 피아레는 같이 기뻐하고,

“그렇다면 일단 돈이다! 근처에서 가장 돈 많은 녀석이 누구야?”

“다요? 드래곤이다요. 가까운 곳에 레드 드래곤의 레어가 있다고 언니가 알려준다요.”

맛이 간 어조로 외치는 말에 무책임하게 이리스가 기름을

붓고,

"좋았어! 지금 당장 드래곤 레어든 뭐든 다 때려부숴 주겠어 어엇!"

"그럼요! 다 멸살입니다!"

"멸살이다요!"

힘껏 주먹을 움켜쥐고 별안간 석양을 향해서 달려가는 단테의 뒤를 피아레와 이리스가 뒤따라 뛰고,

"…괜찮을까나?"

할 수 없이 뒤쫓아 뛰어가면서도 내심 걱정되는 아리사였다.

CHAPTER 04
내일은 내일의 태양이 떠오른다!

안단테
칸타빌레

"저쪽이다요!"

오후의 한때.

넓은 평원에 꼬마 아가씨의 목소리가 울려 퍼진다.

다다다, 분주하게 내달리며 드넓은 평원에 뛰어오른 소녀는 이리스.

그녀는 뒤따라오는 일행을 향해 두 팔을 번쩍 들어 흔들며,

"여기다요! 여기다요!"

토끼마냥 뛰어다니며 일행을 부르고,

"여기냐?"

단테를 선두로 피아레와 아리사가 뒤따라 올라온다.

"후아!"

"…다리 아파요."

비틀거리며 올라온 피아레와 아리사는 서로를 껴안으며 근처의 아름드리 나무에 몸을 기댄 채로 스르륵 무너진다.

"오라버니, 어깨 주물러 줘요오오!"

"…저도요, 주인님."

"……."

매달리며 칭얼대는 둘을 단테는 양쪽 다리에 매단 채로,

"여기서 어디로?"

"모른다요!"

찌리릿 불타오르는 시선으로 묻는 말에 이리스는 환한 얼굴로 고개를 저었다.

"여기까지다요. 언니도 모른다고 한다요."

"…나와, 아이리스."

이리스를 번쩍 올려서 시선을 맞추며 단테는 눈을 부라리고,

"안 나오면 당장 불행해져."

으스스한 어조로 협박한다.

"우우우!"

이에 깜짝 놀라 이리스는 별안간 눈물을 왈칵 쏟고,

"…오라버니."

피아레는 한숨을 내쉬었다.

"의욕이 넘치는 것은 좋지만, 어쩐지 좀 캐릭터가 바뀐 거 같아요."

“아아, 시끄러!”

소리 죽여 수군대는 둘을 보며 단테는 버럭 화를 내고,

“어차피 세상은 돈! 이 세상을 지배하는 것은 권력! 반드시 후회하게 할 테다! 두고 보라고, 이 여자야!”

눈과 입에서 광선을 내뿜으며 포효하는 단테.

“캬오오오오!”

그 모습에 일순간 경직한 피아레.

“이상해졌어, 오라버니.”

아리사를 보며 한숨을 내쉰다.

“…저런 주인님도 멋지기는 해요.”

하지만 두 뺨에 홍조를 띤 채로 아리사는 이렇게 말하고,

“…….”

“…왜 그러세요?”

“아니, 뭐, 그렇다면 뭐…….”

어딘지 쓸쓸한 미소를 지으며 시선을 피하는 피아레에 아리사는 고개를 갸웃.

“어, 어쨌든 오라버니!”

“왜?”

“일단 여기서 잠시 쉴까요?”

“아니.”

단테는 바로 고개를 저었다.

“여기까지 오면 대충 짐작이 가능해.”

“…라고 해도 여기는 평원이고.”

말하며 피아레는 두 팔을 번쩍 들어 올렸다.

"드래곤의 레어가 크다고 하지만, 걸어도 며칠이 걸릴지 모르는 산맥의 한복판에서 찾는다는 것은 사실상 무리지 않나요?"

"…뭐, 확실히 좀 추상적이기는 하지만."

단테는 품에서 지도를 하나 꺼내 들었다.

"여기서 여기."

손가락으로 산맥을 짚으며,

"이리스의 말로 대충 좁힐 수 있는 범위는 여기까지니까."

"…사흘 거리네요."

"히이익! 그렇게 멀어?"

"하지만 여기서 또 못 줄일 것도 없고."

혼잣말처럼 중얼거리며 단테는 지도에서 몇 지점을 다시 손으로 짚으며,

"대충 예상 포인트는 여기와 여기, 그리고 여기."

심각한 어조로 말한다.

"아마 이 세 군데가 가장 유력하다고 봐."

라는 말에 피아레는 찌리릿 노려보며,

"설마 찍어서?"

"…근거있나요?"

"지반의 굳은 정도와 레어의 크기."

"……"

단호하게 잘라 말하는 단테를 보며 피아레는 할 말을 잃는다.

“무슨 소리다요?”

“…어려운 이야기예요.”

분위기 파악 못하고 끼어든 이리스.

“…어른의 이야기예요.”

아리사는 뒤에서 껴안으며 상냥하게 웃었다.

“어른의 이야기다요?”

“그건 아니라고 보는데.”

“어쨌든 예상할 수 있는 핀 포인트는 여기 세 군데. 그중에 가장 가까운 곳이 일단 저쪽인데……..”

말끝을 흐리며 단테의 시선이 향한 곳은 평원을 지난 울창한 숲.

“숲이요?”

“일단 동굴을 찾아봐야겠지.”

“흐에에에! 그런 귀찮은…….”

“…오늘 밤은 야영이네요.”

“야영이다요? 그러면 밖에서 자는 거다요?”

“…응.”

“야영 싫다요오!”

고개를 끄덕이는 아리사의 대답에 이리스는 그대로 바닥에 엎드리고,

“밤이 되면 춥다요! 돌은 아프다요! 사탕 먹고 싶다요! 케이크 먹고 싶다요오오!”

“시끄러.”

데굴데굴 바닥을 구르는 그녀를 단테는 번쩍 들어 올린다.

"땡깡 부리지 마, 이 꼬맹아."

험악하게 두 눈을 부라리며,

"입 안에 돌을 넣어줘야 조용히 할 거냐? 아앙?"

"히이이잉!

단테의 무시무시한 어조에 이리스는 돌연 딸꾹질을 하며 울먹울먹.

"안 한다요! 미안하다요!"

"좋아, 그래야 착한 어린이지."

훌쩍이는 이리스의 대답에 단테는 히죽 웃고,

"오라버니."

"…주인님."

피아레와 아리사는 동시에 한숨을 내쉰다.

"하지만……."

그때,

"잠깐!"

말을 자르며 단테는 입가에 대고 검지를 세웠다.

"뭔가 오고 있어."

가리키는 고원의 저편에는 부스럭거리며 올라오는 한 무리의 사람들이 있었다.


산맥에서는 중간에 이른다고 해도 제법 높은 산.

올라오는 것만으로도 기진맥진할 이곳에 거침없이 오르는

사내들.

이런 산길이 익숙한 듯 호흡 하나 흐트러지지 않고 평원에 이르러,

"……."

문득 돌린 시선이 단테에 이르러 그들은 순간 몸이 굳는다.

그것은 아마도, 그 남자들 사이에서 두 팔이 묶인 채로 끌려가는 여자 때문일 터.

"호오!"

단테조차도 일순간 감탄할 만큼 굉장한 미인이었다.

여자는 단테에게 아무 말 없이 눈물이 글썽거리는 시선을 보내고,

"산책은 아닌 것 같은데……."

조용한 어조로 말하며 단테는 산적과 대치했다.

"하!"

상대가 단테를 제외하고는 여자뿐이라는 사실에 안심한 걸까?

"아니."

가장 선두에 서 있던 남자는 씨익 웃으며,

"모른 척 돌아가는 게 어때? 여기는 길이 험해서 지나가는 사람도 드물어."

악당의 대사를 내뱉으며 위협할 요량인지 등에서 칼을 뽑는다.

이에 맞춰 뒤따라오던 두 명도 여자를 뒤로 밀치며 각자의

무기를 꺼내 든다.

"얌전히 길을 비키면 이쪽도 편하니까."

"…그럴 수야 없지."

징그러운 웃음을 짓는 남자를 보며 단테는 차가운 어조로 내뱉는다.

"그래요, 오라버니! 모조리 몰살! 뼈까지 태워 버려도 잘한 일이라고 칭찬받습니다!"

"…확실히 좋은 사람은 아니라고 생각해요, 주인님."

"뭐다요, 오빠? 지금 무슨 일이다요?"

제각기 돌아가며 한마디 던지는 말에 산적들은 돌연 움찔하더니,

"뭣이!"

"참을 수 없군!"

"아니, 저놈이!"

별안간 울컥하며 무기를 움켜쥔 채로 달려든다.

하지만,

"늦어."

이미 단테는 주문을 완성해 두었고,

놈들이 뛰기를 기다려 힘있는 말을 풀어낸다.

"매직 미사일."

이에 부응하여 허공에는 다섯 발의 매직 미사일이 떠오르고,

퍼어엉!

"끄아아아악!"

한 발, 혹은 두 발의 매직 미사일을 각각 맞고 산적들은 비명을 지른다.

데굴데굴 굴러서 바닥에 뻗어 있는 도적들을 보며 단테는 어깨를 으쓱했다.

"뭐, 이 정도일까?"

내뱉자마자,

"…이 자식!"

"…용서 못한다!"

"…자, 잘도 이런 짓을!"

신음을 토하면서도 전원 일어선다!

"하아?"

이에 단테는 눈썹을 찌푸리고,

"이 정도에 우리가 쓰러……."

"라이트닝 볼트!"

허튼소리를 내뱉는 놈들을 향해 주문의 연쇄!

콰라라랏!

시퍼런 번개가 용서없이 놈들을 후려친다.

무지막지한 주문에 휘말려 산적들은 비명조차 지르지 못하고 한순간 공중에 붕 뜨더니,

우당탕탕!

엄청난 소리를 내며 저편의 숲 속에 처박힌다.

"별것도 아닌 것들이."

“…아, 아직이다.”
탁탁 손을 털며 고개를 돌리는 단테의 말꼬리를 부여잡고,
“…우습게보지 마라!”
“아닛!”
집념이 잔뜩 담긴 어조로,
“우리들을!”
“인기없는 남자를!”
“우습게보지 마라!”
알 수 없는 말을 지껄이며 달려드는 모습에 단테는 한순간 말문이 막히고,
“파이어 볼.”
콰르르릉!
긁적거리며 다시 한 번 던진 파이어 볼에 도적들은 깨끗이 불타오른다.
“히이이익!”
“꾸오오오오!”
“끄아아아아아악!”
이윽고 불꽃이 꺼지고,
“히이이이이이잇!”
숯검정이 되어서 바동거리는 산적들을 단테는 발로 툭 쳤다.
“일단 산적이라고 생각하지만, 뭐 하는 녀석들이야?”
묻는 말에 산적은 증오로 이를 바드득 갈며,

"귀여운 소녀에게는 오빠!"

"청초한 미인에게는 주인님!"

"엄청난 미소녀에게는 오라버니!"

한목소리로 입을 맞춰,

"그런 소리를 듣는 놈에게 쓰러져서는 질투의 혼이 용서하지 않는다!"

제멋대로 외치는 말에 단테는 한숨을 내쉬었다.

"아니, 나는 그런 이유를 묻는 게 아니라……."

"명심해라! 질투의 힘은 무적!"

"…이봐."

"우리가 비록 쓰러져도 제2, 제3의 질투단이 너처럼 못된 커플들을!"

퍼억!

멋대로 지껄이는 산적의 정수리를 구두 굽으로 찍으며,

"거참, 남의 말 안 듣는 녀석들이네."

손을 털고 일어서며 단테는 한숨을 내쉰다.

맞은 곳이 안 좋았던 걸까?

제대로 머리를 찍힌 산적은 흐느적거리며 다른 산적의 품에 고꾸라진다.

"죽지 마앗!"

"너 이 자식!"

"후후."

오열하는 다른 산적에 품에 안겨,

"…오라버니라든지… 오빠라든지… 주인님이라든지……."

부들거리며 왼손 검지를 내밀고 씨익 웃으며,

"…사실은 한 번만이라도 귀여운 여자 애에게 그런 소리를 들어보고 싶었어."

그 말을 남기고 힘없이 고개를 떨구었다.

"너, 이 자식!"

"크윽! 울지 마!"

정신을 잃은 남자를 부둥켜안고 산적들은 오열하며,

"우우우! 나도 실은 귀여운 여자 애에게 오빠라는 소리를."

"크으으윽! 실은 나도 예쁜 언니에게 주인님이라는 소리를."

서럽게 우는 산적들의 모습에 일행의 눈이 점이 된다.

"……."

어디선가 무척 낯익은 이 광경에 단테가 얼이 빠져 있을 즈음,

"자, 그러니!"

"우리의 마지막 소원을!"

눈물을 왈칵 쏟으며 고개를 돌린 산적의 시선은 피아레에게 향하고,

"바보냐?!"

퍼어억!

"헛소리하지 마, 이 못된 놈들아!"

"…그래요. 정말 싫어요."

프라이팬이라든지.

근처의 돌이라든지.

펙펙 두들겨 패는 아리사와 피아레를 바라보며 단테는 말없이 한숨을 내쉬었다.

"정말이지……."

비뚤어져 있는 세상이었다.


거대한 바위 앞.

"흐응."

그 앞에서 단테는 탁탁 손을 털고,

"어, 어쩌려고?"

공포에 질린 눈을 하고 묻는 산적 전원은 벌거숭이 상태.

단테가 윽박질러 현금을 강탈한 끝에 속옷 하나 남기지 않고 전원 옷을 벗긴 뒤 불태워 버린 뒤,

'이 녀석들은 못된 유괴범입니다' 라는 글씨를 홀딱 벗긴 등에 나눠 적는다.

이에 울면서 살려달라고 매달리는 산적을 적당히 밟은 단테는 홀드 퍼슨의 기술을 응용해서 전원을 꽁꽁 묶고 남은 끈으로 근처의 커다란 바위에 연결한 것인데,

"…서, 설마?"

"아마 그 설마……."

몹시도 두려워하며 삐질삐질 묻는 산적을 보며 단테는 빙긋 웃으며,

"파이어 볼!"

콰르르릉!

멀찌감치 떨어져 바위에 파이어 볼을 날린다.

이에 힘입어 바위는 기우뚱 움직이기 시작하고,

"다시 한 번, 파이어 볼!"

콰르르릉!

천천히 고원을 지나 비탈길을 향해,

끼이이이이익!

점차 가속을 더해 굴러가고,

"히이이이이이이익!"

마력의 밧줄로 바위에 묶인 산적도 여기저기 채이며 끌려 내려간다.

"뭐, 운 좋으면 마을에 도착해서 온몸이 팅팅 부을 정도로 맞은 끝에 감옥에 끌려가겠지."

잔혹한 말을 남기며 단테는 잡혀 있던 여자의 밧줄 풀어주고 있는 피아레에게 다가갔다.

"어때?"

"에에, 조금 이상하다고 할까요?"

묻는 말에 피아레는 몹시 곤란해하며 어깨를 으쓱했다.

"어쩐지 잔뜩 겁을 먹어서요."

말하며 다가와 단테의 귀에 대고,

"…혹시 나쁜 일을 당한 게 아닐까요?"

"그건 아닐걸."

소곤거리는 말에 단테는 바로 고개를 가로저었다.

"흐트러진 차림이 달라. 그냥 무서웠던 것이겠지."

그렇게 말하며 여자에게로 다가간다.

"…주인님."

바로 옆에서 그녀의 손을 잡아주던 아리사는 단테가 다가오자 말없이 뒤로 물러나고,

"괜찮아요. 다 끝났으니까."

잔뜩 겁을 먹은 시선으로 여자는 단테를 바라본다.

힐끗 쳐다본 여자의 옷은 상당히 고급.

다소 헝클어졌지만 깨끗하게 손질한 머리칼에 새하얀 피부는 누가 봐도 있는 집 따님.

속으로 럭키를 외치고 단테는 상냥하게 웃으며,

"그런데 집이 어디시죠? 이 근처의 부잣집이라면 대충 감이 오기는 하지만, 뭐, 특별히 사례를 바라는 것은 아니지만, 생각보다 산적들이 가난해서 조금 가슴이 아팠던 것도 사실… 에에… 아참! 이름을 묻는 게 늦었네요."

"…오라버니."

"단테 오빠가 이상한 말 한다요."

"…아가씨, 저 어쩐지 마음이 아파요."

"아! 시끄러! 이 세상은 돈이잖아, 돈! 돈이 없고 권력이 없으면 어떤 꼴을 당하는지 알아? 그런 돈에 솔직한 게 뭐가 나쁘다는 거야!"

뒤에 모여서 소곤소곤 떠드는 말에 단테는 울컥 화를 내며,

“자, 그런 이유로!”

별안간 고개를 돌려 여자를 향해 검지를 길게 내밀었다.

“구해줬으니 사례해, 당신!”

“우와!”

“치사하다요.”

“…너무 노골적이에요.”

뒤에서 비난은 쏟아지고,

움찔!

여자는 별안간 어깨를 움츠리더니 돌연,

“감사합니다아아!”

목이 멘 어조로 흐느끼며 단테에게 찰싹 매달린다.

“…이봐.”

그 모습에 단테는 몹시도 질린 표정을 지었다.

“이게 뭐 하자는 플레이?”

“…에? 하, 하지만… 책을 읽어보면 보통 이런 식으로 마무리를 짓고 행복하게 잘살았습니다… 하고 끝나는데요오오!”

“하아?”

라는 말에 단테는 노골적으로 싫은 얼굴을 하고,

“동화책을 착각하는 거 아냐? 현실은 우습게보면 안 되지! 이 세상에는 사례비라는 것이 있는 법! 무보수 왕자님의 시대는 갔다아아앗!”

외치며 돌연 뒤돌아 포효하기 시작한다.

그 모습에 피아레는 어깨를 으쓱하며,

“오라버니, 최근 좀 이상해서.”

여자에게 다가가 들고 있던 외투를 입혀주었다.

“어쨌든 이제 다 괜찮으니까 걱정하지 마.”

“…아가씨.”

아리사는 토닥거리는 피아레의 소매를 당기며,

“…그렇게 말씀하시니까… 어쩐지 평범한 사람 같아요.”

우물쭈물 수줍은 듯이 말한다.

“뭐얏?!”

“…거짓말은 안 좋은 거예요.”

“누가 거짓말을 한다고 그래?”

“…에? 하지만…….”

완전히 열받은 피아레에게 손을 내저으며 아리사는 조그마한 어조로 말했다.

“…그렇게 말씀하시면 아가씨를 처음 보시는 분은… 오해하실 테고.”

“야! 너, 진짜!”

“…아! 저어… 음… 그러니까… 감사합니다.”

싸울 기세로 달려드는 둘 사이에 뛰어들며 여자는 두 손을 싹싹 빈다.

“제가 다 잘못했으니까아… 부디 싸우지 마세요오!”

울면서 매달리는 여자의 말에 둘은 얼굴이 붉어져서 고개를 돌리며,

“트, 특별히 싸운 거 아니야.”

"…네… 그래요."

"그, 그러니까 오해하지 말고, 아, 그래! 당신 말야, 왜 산적에게 잡혀가면서도 살려달라고 말하지 않았던 거야? 재갈이 물려 있던 것도 아니고, 그렇게 울먹이며 쳐다보면 보통 구해주지 않는다고!"

"에에? 하, 하지만… 그렇게 소리를 지르면 그분들에게 폐가 될 거 같고……"

말꼬리를 돌리려고 필사적으로 소리 지르는 피아레의 말에 여자는 엉겁결에 뒤로 물러서며 우물쭈물 말하고,

"에?"

"…네?"

"뭐, 뭐?"

느닷없는 말에 모두는 그대로 할 말을 잃었다.

"…산적에게 폐가 될 거 같아서?"

"네."

단테의 물음에 그녀는 울먹이는 어조로,

"하, 하지만… 그래도 끌려가면 싫을 거 같아서… 조금 도와주시기를 바라기도 하지만… 그, 그래도 그분들도 하시는 일이 그런 일이니까… 그러니까… 제가 시끄럽게 소리를 지르면 싫으실 것도 같고, 폐가 될 것도 같고… 에에, 그래서 조금 곤란했습니다."

"…이봐."

"역시 생각대로 산적님들은 잔뜩 두들겨 맞은 끝에 바위에

묶여 산 아래로 굴러 떨어지시고… 불쌍한 그분들은 아무래도 감옥에 갇히실 것 같은데? 역시 제가…….”

기어들어 가는 목소리로,

“…도움을 바란 것이 잘못이었을까요?”

“…….”

마음 아파하는 여자의 말에 일행은 두 눈이 점이 된다.

“자, 잠깐! 타임!”

선언하는 단테의 말에 넷은 후닥닥 물러나 서로 어깨동무를 한 채,

“나, 왠지 이해 못하겠는데, 저 생물?”

“저, 저도요, 오라버니.”

“…가까운 병원에 보내는 게 좋을까요?”

“이리스는 사탕이 좋다요!”

“하, 하지만 어쩐지 사람으로서는 조금 옳은 거 같다?”

“화, 확실히! 어쩐지 귀감이 되는 것 같기도 하고… 아닌 거 같기도 하고?”

“…저… 책에서 본 적 있어요. 부처라든지… 예수라든지…….”

“이리스는 배고프다요!”

“…….”

“…….”

“…….”

“이리스는 배가 고프다요오오옷!”

데굴데굴 구르며 생떼를 쓰는 이리스의 반응에 회의는 파장.

"정말이지……."

"무슨 이야기를 나누시는 건가요?"

어찌 하든 대화를 이어가려는 단테의 뒤에서 별안간 여자는 머리를 쑥 내밀며,

"우, 우왓!"

"에, 에에엑!"

깜짝 놀라는 단테를 보며 여자는 허겁지겁 뒤로 물러났다.

"죄송합니다아! 미안합니다아아! 제가 주제넘게 나서서 놀라게 해드리고 말았군요오오! 정말이지, 태어나서 죄송해요오오! 살아 있어서 죄송해요오오! 숨 쉬어서 죄송해요오오오!"

바닥에 엎드려 울면서 싹싹 비는 모습에 단테는 다시 경직.

"나, 이런 상대… 좀 힘들어서……."

단테는 시선을 피아레에게 돌리고,

"아니, 저도."

피아레는 아리사에게,

"…저도 곤란해요."

아리사는 다시 이리스에게,

"좋다요!"

시선을 받은 이리스는 바로 고개를 끄덕이고,

"에에에엑?"

자신만만한 대답에 셋의 비명이 메아리친다.

"맡겨준다요!"

멍한 얼굴로 빙긋 웃은 이리스는 쪼르르 여자에게 달려가서는,

"어디 있다요? 어디 있다요?"

소매를 뒤적뒤적하더니,

"찾았다요!"

이윽고 하나의 사탕을 꺼내어 들고 허공에 치켜 올리며,

"여기 있다요!"

허공에서 팡파르라도 터질 듯한 자세를 취한 끝에 빙글 돌아서 여자에게 내민다.

"달다요! 맛있다요!"

"……."

웃으며 내미는 이리스의 손을 덥석 움켜쥔 여자.

"정말 친절하신 분이군요오!"

두 눈에서 눈물을 왈칵 쏟으며 감동해서는 사탕을 입에 문다.

"통했냐?"

이에 깜짝 놀라 두 눈을 휘둥그래 뜨던 단테.

"아, 그래."

이윽고 헛기침을 하며 여자의 어깨에 한 손을 얹고는,

"사례는 이자 쳐서♥"

눈물 콧물로 얼굴이 범벅이 된 여자에게 손수건을 건네는 단테의 등 뒤로 후광이 비친다.

“아앗! 오라버니가 상큼한 얼굴로 헛소리를 하고 있어!”
“부모님은?”
“…저 어릴 적에 모두 돌아가셔서…….”
말이 떨어지기가 무섭게 단테는 표정을 바꾸고,
“쳇! 고아인가?”
“…오라버니.”
투덜거리며 뒤로 물러서는 단테를 보는 모두의 시선은 한겨울처럼 차다.
“…하, 하지만……!”
돌아서는 단테의 바지를 붙잡고 늘어지며,
“보물이 있는 곳이라면 알아요오!”
여자는 필사적인 어조로 그렇게 말했다.

숲을 헤맨 끝에 마침내 등장한 던전.
울창한 나무에 가려 쉽게 발견할 수 없는 곳.
일행을 처음 반기는 것은 칠흑의 어둠이었다.
“흐응.”
단테는 조용히 주문 구성에 들어가고,
“컨트뉴얼 라이트!”
이윽고 완성한 주문을 왼손 위에 풀어낸다.
새하얀 빛을 뿜는 발광체를 왼손에 떠올린 채로 단테는 앞서 걷고,
“저쪽이에요오!”

팔짱을 낀 채로 단테에 매달려 여자는 일행을 이끈다.

그녀의 이름은 리테.

화려한 금발에 깨끗한 피부.

일단은 누가 봐도 굉장한 미인이지만,

"후후후."

"…후후후."

그 모습을 보며 빠직빠직 방전을 하는 피아레와 아리사.

"왜 그런다요?"

이리스는 의아해하며 고개를 갸웃했다.

"이쪽이에요, 단테 씨."

뒤쪽의 훈훈한 공기는 모른 채, 여자는 찰싹 매달린 채로 일행을 인도한다.

"오라버니의 이름을 부르지 말라고, 오라버니의 이름을."

"…저도 어쩐지 원망하고 싶은 기분이에요."

으스스한 어조로 중얼거리는 피아레와 아리사.

"아직 멀었어, 리테?"

험악한 공기는 무시.

묻는 말에 리테는 반가운 어투로,

"제 이름을 기억해 주시는 거군요! 저, 감격했어요오!"

"어려운 이름도 아니니까."

"하, 하지만 제 이름을 불러준 사람은 단테님이 처음이에요오!"

"……."

눈물을 펑펑 쏟으며 감동하는 리테의 말에는 단테도 당황하고,

"…아, 그래?"

물어보면 어쩐지 비참한 대답을 들을 것 같아서 적당히 얼버무린다.

"그런데 이런 던전을 용케 알고 있군."

"네."

묻는 말에 리테는 고개를 끄덕이며,

"아무래도 제 땅이니까."

"…에?"

아무렇지도 않게 말하는 그녀의 대답에 단테는 일순간 몸이 굳는다.

"지, 지금 뭐라고 했어? 여기가 네 땅이라고?"

"…아아앗!"

리테의 두 팔을 꽉 붙든 채로 서둘러 묻는 단테의 말에 리테는 움찔하더니,

"죄, 죄송합니다아! 제가 쓸데없는 말을 해버렸군요오오! 죄송해요오오! 미안해요오오!"

또다시 햄스터처럼 부들부들 떠는 리테의 반응에 단테는 울컥한다.

"아니, 그건 그만 좀 하고!"

그녀의 두 팔을 움켜쥔 채로 좌우로 흔들며,

"지금 이게 네 땅이라고?"

“…네.”

“정말이지? 확실하지?”

“…네? 네!”

무시무시한 단테의 표정에 리테는 잔뜩 겁먹은 얼굴로 고개를 끄덕였다.

“그러면 여기의 어디까지가 네 땅이라는 거야?”

묻는 말에 그녀는 잠시 고개를 갸웃하더니,

“산맥 전부일 거예요.”

“산맥? 전부?!”

아무렇지도 않은 리테의 대답에 일행 모두의 비명이 겹쳤다.

“자, 잠깐!”

“그거 터무니없이 넓잖아!”

“…에에, 확실히 그렇네요.”

“하, 하지만요오오!”

“잠깐!”

엉겁결에 소리를 지르는 리테의 두 손을 단테는 꼭 움켜쥔다.

“리테 양.”

“네! 네?”

별안간 목소리를 까는 단테의 모습에 그녀는 몹시도 두려워하고,

“…가, 갑자기 왜 저를 그렇게 부르시는지요?”

“사귀는 사람이 있어?”
“에? 아니요.”
“역시!”
라는 말에 단테는 씨익 웃으며,
“어떤 남자가 좋아?”
“…오라버니.”
“…주인님.”
상냥한 미소를 짓는 단테를 보며 피아레와 아리사는 뱁새눈
을 한다.
“에? 에에엣!”
리테는 부들부들 떨면서 뒤로 도망치며 벽에 달라붙어,
“단테님은 왜 그런 말씀을 하시며 눈을 빛내시나요오오?”
“후! 그거야 뻔한 이유.”
조금은 기대하는 듯한 리테의 질문에 단테는 몹시도 가벼운
어조로,
“리테의 재산이 탐나기 때문이지.”
솔직하게 대답한다.
“…….”
그 말에 리테는 말없이 울고,
“우, 우와!”
“…역시.”
“하지만 단테.”
질려 하는 피아레와 아리사 사이에서 이리스가 고개를 내밀

었다.

"그건 무리라고 생각하는데……."

"…아이리스?"

"응. 나야. 그런데 이 근처라면 자타 공인의 드래곤 레어가 있는 곳이야. 이런 땅이 개인 소유라고 해도 그 누가 살 것 같아? 재산 가치는 거의 없다고 보는데."

"…쳇!"

아이리스의 설명에 단테는 끼이익 고개를 돌려,

"돈이 되는 걸 물려받으란 말야!"

"히이익! 죄송해요오오오!"

윽박지르는 말에 리테는 쓰러지며 싹싹 빈다.

"잠깐."

별안간 아이리스가 손을 든 것은 때마침.

"뭔가 있어?"

리테의 멱살을 움켜쥐고 좌우로 흔들던 단테도 시선을 돌려 저편의 어둠을 주시했다.

"구울이나 스켈레톤이 아닐까?"

"아니. 느낌이 달라."

아이리스의 말에 피아레는 고개를 좌우로 저었다.

"언데드 계열은 아니야."

"흐응."

단정하는 말에 단테는 잠시 턱을 문지르더니,

"문지기가 있는 걸 보니 안에 뭔가 있는 건 확실한 듯하군."

중얼거리며 왼손 허리에 맨장검에 손을 갖다 댄다.
"잠깐만요!"
말이 끝나기가 무섭게 리테는 외치며 앞서 나와,
"대화로 해결하는 겁니다!"
단테를 바라보며 두 팔을 활짝 편 채로 외치고,
"하아?"
그 말에 완전히 질린 표정을 하는 단테.
"무슨 헛소리?"
"지성을 가진 존재라면 대화!"
그녀는 한 손을 자신의 가슴에,
"대화야말로 지성의 결정(結晶)!"
다른 손은 활짝 펴서 어딘가 먼 곳을 가리켰다.
"대화를 나누면 틀림없이 오해는 풀릴 겁니다아아!"
그렇게 외치며 어둠 속을 향해 다다다 달려가더니,
"자아, 대화를! 꺄아아아악!"
콰아아앙!
말을 채 끝내지도 못하고 단테를 향해 힘차게 날아간다.
철퍼덕!
벽에 부딪치고,
"대, 대화를……."
두 눈이 골뱅이가 된 채로 벽을 타고 주르륵 미끄러져 바닥
에 퍼져 버렸다.
"…바보는 놔두고."

쓰러진 리테에게서 시선을 돌리며,

"일단."

단테는 어둠을 향해 힘있는 말을 풀어낸다.

"매직 미사일!"

파아아아앙!

허공에 떠오른 다섯 발의 매직 미사일은 지체없이 어둠을 꿰뚫는다.

"그르르릉!"

소름이 오싹 돋을 듯한 금속성의 소리가 벽을 울리고,

"…통하지 않는군."

입맛을 다시며 단테는 정면에 나서며 왼손에 들고 있던 빛을 허공에 떠올린다.

그르르르르!

그리고 마침내 드러난 것은,

"…고르곤인가?"

온몸에 강철을 두른 황소의 모습을 하고 있는 놈을 보며 단테는 눈을 가늘게 떴다.

"이상한 황소네."

"…그러네요."

"원래 그런 괴물이야."

가볍게 대꾸한 단테는 아이리스를 보며,

"날려 버릴 수 있어?"

"물론이지. 하지만 시간이 필요해."

"좋아, 시간은 벌어주지. 그러면, 피아레."

"네, 오라버니!"

"7레벨의 배리어 쓸 수 있지? 내가 외치면 바로 쓸 수 있게 준비해 둬."

"알았어요!"

단테의 말에 피아레는 고개를 끄덕이고,

"간다앗!"

단테는 고르곤을 향해 곧장 내달린다.

크오오오!

이에 놈은 크게 입을 벌려 단테를 향한다.

"조심해! 녀석은 브레스를 쓸 수 있어!"

"알고 있어!"

아이리스의 말에 단테는 가볍게 대답하며,

"하앗!"

기합을 넣으며 박차고, 측면으로 뛰어올라 벽을 내딛고,

타앙!

벽을 디딤 삼아서 고르곤의 옆구리를 향해 달려든다.

"우선!"

허겁지겁 고개를 돌리는 고르곤의 옆구리를 단테의 오른발이 걸어차고,

크아아아아!

느닷없는 일격에 놈은 중심을 잃고 미끄러진다.

"스트라이킹!"

그 위를 박차고 뛰어오른 단테가 검을 양손으로 움켜쥔 채로 아래로 내찍고,

콰득!

힘있는 말이 실린 칼날은 놈의 강철과 같은 피부를 찢는다.

"캬아아아아!"

허리에 칼날이 박힌 놈은 못내 견디지 못하고 절규를 내뱉고,

"피아레!"

"알았어요! 배리어!"

느닷없이 외치는 말에도 피아레는 당황하지 않고 성스러운 말을 풀어낸다.

새하얀 빛이 피아레를 중심으로 일행을 향해 뻗어 나온다.

그 순간,

쿠르르룽!

"뭐야!"

"꺄아아악!"

느닷없이 배리어를 뒤흔드는 충격에 일행은 앞으로 고꾸라진다.

그와 동시에 등 뒤에 나타난 또 한 마리의 고르곤.

"아이리스!"

"…플래시 투 스톤!"

단테의 외침에 간신히 정신을 차린 아이리스는 두 팔을 앞으로 내밀며 힘있는 말을 풀어냈다.

파아아앙!

그녀의 손바닥에 모인 새하얀 빛의 줄기는 배리어를 뒤흔드는 고르곤를 감싸고,

콰직!

일순간에 놈을 돌덩어리로 만들어 버렸다.

"좋았어!"

놈이 돌로 변하는 것을 확인한 단테는 칼이 박힌 고르곤에서 훌쩍 물러났다.

"크르르르르!"

동료가 당했다는 것을 알았던 걸까?

옆구리에 칼이 박힌 고르곤은 비틀거리며 포효한다.

"크라라라랏!"

크게 입을 벌리며 놈은 브레스를 준비하지만,

"라이트닝 볼트!"

콰르르릉!

두 손을 정면으로 모은 단테의 손바닥을 타고 번개가 친다.

언뜻 강철처럼 보여도 놈의 갑주는 절연체!

그것은 보통이라면 통하지 않을 터.

하지만.

강철 검을 박아 넣자 옆구리에 박힌 칼날을 타고 몸 안에 스며든다.

카아아아아!

이에 고르곤은 구슬픈 절규를 하며,

털썩!

이윽고 힘없이 쓰러져 다시는 일어서지 못했다.

"후우!"

참았던 한숨을 내쉬며 단테는 쓰러진 고르곤에게 다가가 박힌 칼을 뽑았다.

"…두 마리인 줄 알았으면 귀띔해 줬어야지."

"아니."

투덜거리는 아이리스의 말에 단테는 고개를 가로저었다.

"그냥 보험이었어."

"…헤에."

"운이 좋았던 거지."

어깨를 으쓱하며 단테는 돌아서서 정신을 잃은 리테의 앞에 무릎을 굽혔다.

"이봐."

찰싹!

"…이봐, 일어나."

찰싹찰싹!

말하며 사정없이 뺨을 때린다.

"…으, 으응?"

두 뺨이 풀빵이 될 즈음 간신히 눈을 뜬 리테.

"…아, 아파요오오."

얼얼한 뺨에 두 손을 갖다 대고 훌쩍이고,

"이게 아니잖아요오오! 보통은 정신을 잃은 가련한 여자를 남자가 업고 가면서 은근슬쩍 와 닿은 가슴에 남자의 마음은 두근두근… 이라는 전개가……."
"헛소리 그만 하고."
퍽!
"정신 차렸으면 간다."
"너무해요오오!"
얼굴에 구둣발이 찍힌 채로 울먹이는 리테는 가볍게 무시.
앞서 걷던 단테는 별안간 발걸음을 멈추고,
"호오?"
중얼거리며 벽을 더듬어 무언가를 잡아 들었다.
"…최고급 진주 목걸이."
펼쳐 보인 단테의 손에는 하나의 목걸이가 있다.
"헤에에? 어디, 어디!"
"…어머, 진짜네요."
"으잉? 하지만 어째서?"
깜짝 놀라 묻는 말에 단테는 뺨을 긁적이며,
"이런 패턴이라면."
쿠르르르!
"…아마도 함정?"
말이 떨어지기가 무섭게 사방에서 들려오는 거대한 소리.
"에에에엑!"
허겁지겁 주변을 돌아보는 일행의 눈에 잡힌 것은 사방으로 내려오는 거대한 벽이었다.

"너 이 자식! 함정인 줄 알면서 대체 왜?"

"팔면 비싼 거니까."

"흡!"

즉각 돌아오는 대답에 아이리스는 엉겁결에 입을 다문다.

구오오오오!

이윽고 완전히 내려앉은 벽은 사방을 가로막았다.

"오, 오라버니!"

"…에에?"

"히이이이! 어떻게 좀 해보세요오오!"

"오케이! 알았어."

빗발치는 아우성 속에서도 단테는 침착하게 벽에 다가가 손을 갖다 대고 벽을 짚으며 스스슥 움직인다.

그러기를 얼마나 지났을까?

꼼짝도 하지 않는 단테의 모습에 일행의 불만은 대폭발!

"오라버니이!"

"주인님!"

"단테 이 자식아!"

"단테니미이이이임!"

"잠깐만."

퍽!

"아팟!"

혼잡한 와중에 은근슬쩍 반말을 한 아이리스의 머리를 쥐어박은 단테.

"…여기군."

한구석의 벽을 주먹으로 탁탁 두드려 보고는 뒤로 물러나 크게 숨을 들이켜 마신다.

"후우!"

두 손을 공을 쥐는 듯이 그러쥐고는 오른쪽 옆구리에 갖다 대며 자세를 낮추고는,

"하아아아!"

기합을 넣는 단테의 두 손에 새하얀 빛이 물결치듯 솟구쳐 오르고,

"파!"

외치며 두 손을 모은 채로 앞으로 내뻗는다.

그와 동시에,

퍼어어엉!

새하얀 빛은 파이어 볼처럼 쏘아져 나가 벽에 부딪쳐 폭발을 일으킨다.

사방에 어지럽게 피어오르던 먼지가 이윽고 가라앉고,

"…뭐, 이 정도일까?"

어깨를 으쓱하는 단테의 앞에는 사람이 드나들 수 있는 커다란 구멍이 나 있었다.

그 광경에 완전히 넋이 나간 아이리스.

끼이익, 무겁게 고개를 돌려 단테를 쳐다본다.

"…그, 그거 미스틱 기술 같은데?"

"맞아. 미스틱 기술이지."

더듬더듬 묻는 아이리스의 질문에 단테는 시치미를 뚝 떼고,

"…너, 대체 뭐 하는 녀석이야?"

"그, 그렇군요! 알겠어요!"

경악하는 아이리스의 저편에서 돌연 목소리를 높인 사람은 리테.

"알겠다고?"

그녀는 힘차게 고개를 끄덕이며,

"네!"

"…그다지 기대는 안 하지만, 뭐라고 생각해?"

전혀 신용하지 않는 아이리스의 말에도 리테는 흔들리지 않고,

"흑마술을 쓰고 검을 쓰며 체술을 사용한다! 그렇다면……!"

"…그렇다면?"

"용사님인 것이 분명합니다!"

지이이잉!

힘차게 검지를 내밀며 외치는 말에 일행은 말없이 시선을 모은다.

"핫!"

그 순간 리테는 별안간 깜짝 놀란 듯이 후닥닥 벽에 달라붙었다.

"용사라면 드래곤 슬레이어! 그렇다면 단테님은 드래곤을

때려잡으러 오신 겁니까아아?"

"…뭐, 그건 그렇지."

과정이야 어쨌든 결론은 정답.

고개를 끄덕이는 단테를 보며 리테는 후닥닥 뒤로 물러서서 부들부들 떨며,

"아닛, 어째서 그런 잔인한 짓을 하시는 겁니까아아? 여기 사는 드래곤은 특별히 나쁜 짓 한 것도 없다구요오오! 착하게 살았다구요오오!"

"…음, 그건 잘 모르겠는데?"

울먹이는 말에 단테는 몹시도 가벼운 어조로 대답했다.

"나, 돈이 필요해서."

"……."

그 말에 리테는 일순간 할 말을 잃고,

"너무해요오오오!"

이윽고 서럽게 울기 시작한다.

하지만,

"가자."

"네."

가볍게 무시하며 뚫린 벽으로 우르르 들어가는 일행.

"…너무해요오오오오."

할 수 없이 리테도 훌쩍이며 뒤따라간다.

먼저 도착한 단테가 빛을 허공에 떠올리자 드러난 방은 대충 널찍한 사각형.

그 한편 구석에 제단처럼 생긴 곳에서 두 개의 레버를 발견한다.

"흐응."

"무슨 의미일까?"

재밌어하는 단테를 바라보며 아이리스는 고개를 갸웃했다.

"일단 움직여 보죠."

"아니."

말하며 손을 뻗는 피아레의 손목을 낚아내며,

"이런 전개라면 독을 발라놓는 경우가 많아."

단테는 소매에서 장갑을 꺼내 끼고는 레버에 손을 뻗었다.

그 순간,

"욱!"

콰르르르!

"오라버니!"

"주인님!"

"단테!"

"단테님!"

네 명의 목소리가 한데 어우러지며 단테는 허겁지겁 손을 뺐다.

손을 내밀기가 무섭게 레버 아래로 불줄기가 솟구쳐 올랐던 것이다.

"호오, 이중 함정이라니 제법 허를 찔렀어."

"손 줘보세요! 큐어 시리어스 하운즈."

단테의 손을 잡아당기며 피아레는 서둘러 장갑을 벗기며 성스러운 말을 풀었다.

기포가 일어나던 손바닥은 성력에 의해서 금세 치료가 되고,

"오케이. 고마워."

치료가 끝난 단테는 오른손을 뻗어 허공에 대고는 마력을 풀어냈다.

"노크."

딸각!

힘있는 말에 이끌려 레버는 뒤로 당겨지고,

쿠르르르르!

그와 동시에 벽이 흔들리며 레버 뒤편의 벽이 서서히 올라가기 시작했다.

"가자."

단테를 선두로 일행이 제단의 방을 지나갈 즈음,

쿠르르르르!

다시 한 번 무거운 소리와 함께 위로 올라갔던 벽이 아래로 떨어져 돌아갈 길을 막았다.

"오, 오라버니!"

"알고 있으니까 조용히 해."

허둥지둥 달려와 매달리는 피아레에게 손을 들어 보이며 단테는 정면을 향해서,

"컨티뉴얼 라이트."

미처 가져오지 못한 빛을 다시 떠올린다.

그의 왼손 바닥에 생겨난 빛은 단테의 시선을 따라서 허공에 떠오르고,

"흐웅."

이윽고 드러난 모습에 단테는 눈썹을 찌푸렸다.

"…갈림길인가?"

한숨을 내쉬는 단테 앞에 펼쳐진 것은 두 갈래로 나누어진 길.

"어디가 옳은 길일까요?"

"아! 그거라면 제가 알아요."

단테를 향해서 던진 피아레의 질문에 리테는 가벼운 어조로,

"…이쪽이에요."

오른쪽을 향해서 힘차게 손가락을 가리킨다.

자신만만한 그녀의 행동에 단테는 뱁새눈을 하고,

"뭘 믿고 그렇게 자신만만한 거야?"

"물론 그거야 저도 오른쪽이 어딘지는 알고 있으니까요!"

자신만만하게 허튼소리를 하는 리테를 보며 단테는 어깨를 늘어뜨렸다.

"그거 말고, 오른쪽이 아니라 옳은 쪽 말이야."

"에? 그래요. 바른 길을 묻는 거잖아요."

"…확실히."

"그것도 틀림없이 오른쪽입니다!"

척하니 허리에 두 팔을 얹은 채로 자신만만하게 외친 리테
는 앞으로 나서며,

"저만 믿으세요오오!"

힘차게 Go! 사인을 하며 오른쪽 길을 향해 달리기 시작한
다.

"하아."

할 수 없이 리테를 쫓아서 달리기 시작한 일행.

말없이 걷기를 얼마나…….

다시 한 번 일행의 앞에는 갈림길.

벽을 짚어 확인한 단테는 여기가 아까 지났던 갈림길임을
확인하고는,

"핫핫핫."

메마른 웃음을 던진 끝에 리테의 뒷덜미를 잡아당긴다.

"…너 말야."

"네?"

"이 길이 정말 맞다고 생각하는 거야?"

험악한 표정으로 묻는 단테를 보며 리테는 부들부들 떨면
서,

"하, 하지만요오오, 바른 쪽이란 건 역시 오른쪽을 가리키는
말이잖아요오오!"

"……."

눈물을 글썽이며 리테는 말한다.

"…그래, 내 잘못이야."

그 말에 단테는 힘없이 고개를 저으며 왼쪽 길을 향해 발걸음을 돌렸다.

"자, 잠깐만요!"

선두로 걷는 단테를 향해 허겁지겁 달려온 리테.

"……."

"왼쪽은요오오!"

가볍게 무시하는 단테를 지나쳐 훨씬 앞으로 내달린 그녀는 별안간 기우뚱하더니,

"함정이 있다구요오오오오!"

메아리처럼 꼬리가 긴 비명을 지르며 어둠 속으로 사라져 버렸다.

별안간 낭떠러지처럼 푹 꺼진 바닥의 가장자리에서 단테는 아래를 내려다보고,

"…그러면 오른쪽으로."

아무 일 없다는 듯이 돌아서 걷기 시작했다.


"너무해요오오오!"

문을 열자마자 별안간 들려오는 울음 섞인 비명에 일행은 우당탕 뒤로 넘어지며,

"우왓, 깜짝이야!"

놀란 가슴을 쓸어내리는 단테 앞에 서 있는 것은 엉망진창으로 망가진 리테.

그녀는 단테를 보더니 별안간 자리에 주저앉으며 서럽게 울

기 시작했다.

"진짜 너무해요오오오!"

"…어라?"

그 모습에 단테는 고개를 갸웃하며,

"살아 있었어?"

가볍게 던지는 말에 리테는 순간 움찔하더니,

"우에에에에엥!"

더욱더 큰 소리로 대성통곡을 하기 시작했다.

"…오라버니."

"…주인님."

"…단테."

쏟아지는 비난에 단테는 모른 척 시선을 돌린다.

"…호오."

무심코 돌린 시선에 와 닿은 것은 사방에 놓여진 네 개의 석상.

벽을 보고 세워진 석상은 여신의 모습을 조각한 듯 보였는데, 단테는 그중에 하나로 달려가 석상 아래의 받침대를 살피고,

"역시!"

적혀진 글씨를 찾아냈다.

"뭐라고 쓰여 있어요?"

"고대어인데, 글씨 배열이 엉망이야."

잠시 생각에 잠긴 끝에 손뼉을 마주친다.

“아, 그렇겠군.”

단테는 다른 세 개의 석상 받침대를 찾아서 각기 다른 글자를 찾아내고,

“좋아, 알겠어.”

그것을 뒤섞어 배열을 찾아내어 단어를 만들어냈다.

“…알아냈어요?”

묻는 말에 단테는 고개를 끄덕이며,

“죽음과 창조, 빛과 어둠의 네 여신이 서로를 마주 보며 미소 지을 때 길은 열리리라. 그러나 명심하라. 운명은 오직 운명의 열쇠를 여는 길이며, 현자(賢者), 곧 지혜를 가진 자는 반드시 길을 찾으리라. 그러나 잊지 마라. 반드시 경배할지어다.”

찾아낸 글자를 풀어서 설명해 주었다.

그 말에 아이리스는 잠시 생각에 잠긴 듯 고개를 갸웃하다가,

“그거, 누가 들어도 석상을 마주 보게 하라는 의미잖아.”

라는 말에,

“그렇지.”

“…예, 확실히.”

단테와 아리사는 고개를 끄덕이고,

“그, 그래요?”

“그런 겁니까?”

피아레와 리테는 갸웃하며 되묻는다.

“……”

말없이 쳐다보는 시선에 피아레와 리테는 서로를 마주 보며,

“하, 하지만 그런 거, 특별히 상식도 아니고.”

“그래요. 그렇죠. 모를 수도 있는 거죠, 보통은.”

서로에게 응원을 보내는 피아레와 리테를 보며 셋은 다시 시선을 돌린다.

“…뭐, 어쨌든… 해볼까?”

“할 수 없지.”

“…네, 주인님.”

단테의 말에 모두가 동의하는 것으로 의견은 일단락.

예상대로 석상은 받침대에 고정된 것이 아니어서 모두가 달라붙어 힘을 주자 서서히 돌아가서 마주 볼 수 있게 방향을 고칠 수 있었다.

먼저 세 개를 돌려서 방향을 맞춘 단테.

“모두 물러나!”

혹시나 싶어서 모두를 멀찌감치 떨어지게 하고 남은 여신상은 혼자서 돌리기 시작했다.

단테가 힘을 주어 밀기 시작하자 마지막 여신상이 서로를 마주 볼 수 있게 대각선으로 교차되었고,

그 순간,

쿠르르르르르르!

돌이 서로 긁어내리는 묵직한 소리와 함께 방 안의 중앙이

갈라지며 하나의 제단이 솟아오르기 시작했다.

마침내 그것은 완전히 움직임을 멈추고 정지했고,

"……."

모두는 할 말을 잃고 말았다.

그것은 온갖 보석이 쌓인 제단이었다.

뒤집어놓은 돔의 형태로 둥글게 깎여진 제단에는 목걸이나 반지와 같은 장신구가.

그것의 하나하나에는 눈이 멀 만큼 번쩍이는 보석이 장식되어 있고, 그 중앙에는 새까만 어둠으로 빛나는 거대한 십자가가 박혀 있었다.

그것은 다이아몬드보다 귀하다는 보석 중의 보석 오던.

그것을 담고 있는 새하얀 대리석으로 조각된 제단.

"…새까만 십자가라니……."

한숨을 토하듯 중얼거리며,

"신성 모독일 터인데도… 이다지도 아름답다니……."

다가가 십자가에 손을 갖다 대며 피아레는 쓴웃음을 짓는다.

"…확실히."

고개를 끄덕인 사람은 단테.

"지금에 와서 십자가는 새하얀 색이기는 하지만… 역사 이전에는 검은색을 썼다는 기록도 있고."

그는 십자가에 손을 뻗어서 면을 문질러 문자를 찾아내고는 그것을 눈으로 훑으며 말했다.

"역시, 이건 역사 이전의 물건이야."

"…그 말씀은… 귀한 건가요?"

"흐응."

묻는 말에 단테는 턱을 쓰다듬으며,

"상당히 값진 물건이기는 하지만 유적이라서 결국 떳떳하게 거래할 수 있는 물건은 아니고, 처분한다고 하면 값어치는 아마 액면가 이하."

"…이하… 인가요?"

"뭐, 일반적인 가치를 따지면 그렇겠지만."

"그거야 모르는 사람들의 이야기!"

단테의 말을 자르며 뛰어든 것은 아이리스.

"하지만 이것의 진짜 가치는 이 문자!"

그녀는 십자가의 문자를 손으로 더듬으며,

"이거야말로 역사 이전의 마도에 관한 단서. 그렇지, 단테?"

"…그래."

자신을 돌아보며 히죽 웃는 아이리스를 보며 단테는 고개를 끄덕였다.

"자세한 것은 연구를 해봐야 알겠지만."

"…우헤헤헤."

라는 말에 아이리스는 망가진 표정으로 웃으며 두 손으로 십자가를 움켜쥐더니,

"이건 내 거야! 영차!"

제단에 박힌 힘주어 잡아당기기 시작했다.

"우아아앗! 안되요오오오!"

그 광경에 돌연 리테가 비명을 지르며 달려들었지만,

퍼엉!

그것은 한참 늦은 뒤.

마치 코르크 마개를 뽑은 것처럼 유쾌한 소리와 함께 십자가는 제단에서 뽑혀 나왔다.

아이리스는 그 반동에 발랑 뒤로 넘어지지만,

"우와!"

"꺄악!"

마침 달려들던 리테를 깔고 넘어져서 대충 세이프.

"우와! 위험했다."

"아아아악! 무슨 짓을 하신 거예요오오오오!"

"…에? 왜?"

울면서 매달리는 리테를 보며 아이리스는 십자가를 껴안은 채로 고개를 갸웃.

"그걸 뽑으면요오오오오!"

"함정이 작동하냐?"

무심코 묻는 단테의 말에 리테는 일순간 움찔하더니,

"…네."

힘없이 고개를 끄덕였다.

"우왓!"

"너 이 자식!"

"아아앗! 잠까아아안!"

달려들어 목을 조르는 단테를 보며 아이리스는 필사적으로

발버둥 치며,

"저기, 저기!"

외치며 내뻗는 손가락이 가리키는 곳은 제단.

서둘러 고개를 돌리는 모두의 시선의 끝에는,

콰르르르!

십자가가 뽑힌 구멍을 통해서 콸콸 올라오는 물줄기가 있었
다.

"…물이네요."

맥이 풀린 어조로 중얼거리는 아리사.

그 말에 '핫!' 하고 정신을 차린 단테는 그제야 허겁지겁 주
변을 둘러보지만,

"이런 젠장!"

어느 틈에 벽을 뚫었던 곳까지 막혀 있는 것을 그제야 발견
하고는 으득 이를 간다.

"어떡해요오오오오!"

"아, 시끄러! 내가 알아서 할 테니 조용히 해!"

울면서 매달리는 리테의 팔을 잡아당기며 단테는 돌아서서,

"모두 모여!"

외치는 말에 피아레와 아리사는 두말없이 달려와 단테에게
찰싹 매달린다.

"이것아, 너도!"

"우왓!"

아직도 십자가에 정신 못 차리는 아이리스의 뒷덜미를 잡아

당기며 단테는 서둘러 주문 구성에 들어간다.

물은 어느새 무릎까지 올라와 있었다.

"워터 브레스 3m 레이디어스!"

파아아앙!

힘있는 말에 부응하여 공기가 진동을 일으킨다.

마력으로 이루어진 투명한 막이 돔의 형태를 이루고,

콰르르르릉!

기다렸다는 것처럼 물이 차오르는 속도가 가속한다.

"꺄아아아아!"

순식간에 목까지 올라온 물은 한순간에 일행을 삼키고,

"……!"

못내 지른 비명은 보글보글 거품이 되어 올라온다.

하지만 미리 외워두었던 주문으로 수중 호흡은 문제없음.

일행을 삼킨 물은 순식간에 방 안을 가득 채우고 위를 향해 숫구쳐 오른다.

"……."

발버둥 치는 피아레의 팔을 잡아당기며 단테는 시선을 돌려,

쿠르르르르!

올려다본 천장에는 어느덧 활짝 열린 구멍이 있다.

그것은 사람이 나갈 수 있는 정도의 크기.

단테는 망설임없이 바닥을 찬다.

허리에는 피아레와 아리사를 매달고, 리테와 아이리스는 두

다리에 매단 채로.

팔을 휘저으며 부력의 도움으로 천천히 위로 떠오르는 단테.

십자가를 움켜쥐고 있는 아이리스 쪽으로 다소 기울지만 이것은 간신히.

어찌어찌 올라오며 가까워지는 천장의 구멍은 역시 사람이 빠져나갈 수 있는 크기.

크기를 가늠할 거리에 오자 일순간 아이리스의 얼굴이 새하얘진다.

그녀는 눈치 챈 것이다.

사람이 간신히 빠져나갈 수 있는 크기.

그렇다면 십자가는 통과할 수가 없다.

부글부글!

입가에 거품을 무는 아이리스를 보며 문득 단테는 시선을 돌려,

"……"

말없이 허공을 올려다보는 리테를 보며 생각이 닿는다.

그것은…….

아마도 그런 것이 아닐까?

그것이 지그소 퍼즐의 마지막 조각.

복잡하게 얽혀 있던 실타래가 순식간에 풀려 나간다.

하지만, 그렇다면?

단테는 생각한다.

정해진 시나리오에 맞춰 위로 탈출해야 하나?

…….

아니, 그럴 수는 없지!

그것은 용납할 수 없는 일!

당당하게 고개를 쳐든 자존심에 손을 얹고.

단테는 빙글 몸을 돌려서 바닥을 향해 마주 보고 두 팔을 옆구리에 모으고.

손바닥에 힘을 집중한다.

이윽고 떠오른 새하얀 빛의 무리!

"……!"

두 손을 모은 채로 앞으로 내뻗는다.

퍼어어엉!

망설임없이 쏘아진 빛은 새하얀 궤적을 그으며 일순간 바닥에 충돌하여,

콰르르르르!

엄청난 폭발을 일으키며 커다란 구멍이 뚫린다.

우르르르르르르!

일순간 떠오른 새하얀 거품이 토네이도처럼 수중을 뒤흔든다.

그리고.

모두는 회오리에 떠밀린 채로 빙글빙글 돌면서…….

끝없이.

아래로.

아래로.

시커먼 구멍 속으로 삼켜졌다.


"내가!"

"…아니, 제가."

"제가 할게요오오!"

얼마 동안 정신을 잃었던 걸까?

"그렇다면 가위바위보!"

욱신거리는 뒤통수에 눈썹을 찌푸리며,

"제가 이겼어요오오오!"

천천히 눈을 뜬 단테의 눈앞에 보이는 것은,

"그렇다면 사양 않고!"

두 뺨을 붉힌 채로 짐승의 눈을 하고 얼굴을 들이미는 리테.

픽!

망설임없이 발로 걷어찬다.

"…다들 괜찮아?"

뒤통수를 쓰다듬으며 일어선 단테는 그제야 모두가 시야에
잡힌다.

"정말이지, 정말 너무해요!"

무릎을 모은 채로 구석에서 펑펑 우는 리테.

"인공호흡! 내가 이겼는데!"

"당사자의 동의 없이 멋대로 그런 거 정하지 마!"

"하지만 정신을 잃고 계셨잖아요!"

"지금은 정신 차렸으니까 상관없어!"

엉겁결에 소리를 지르는 단테의 대꾸에 리테는 '쳇!' 하며,

"그냥 할 걸!"

"……."

투덜거리는 말에 단테는 말없이 식은땀을 흘린다.

'정말이지, 위험한 녀석들.'

속으로 중얼거리며 단테는 시선을 돌린다.

그러자 비로소 시야에 들어온 공간.

단테가 정신을 잃고 쓰러졌던 곳은 거대한 방이었다.

아니, 그것을 단순히 거대하다는 한마디로 표현할 수 있을까?

벽을 꾸미고 있는 고결한 장식.

햇살이 고스란히 쏟아지도록 천장을 덮은 투명한 유리.

그것은 누가 보아도 인위적으로 만들어진 공간.

"호오!"

단테는 감탄을 하며,

"역시."

시선을 돌려 리테를 보았다.

"여기가 네 녀석의 레어… 라는 거지."

담담한 어조로 말하는 단테의 한마디에 모두는 동시에 시선을 리테에게 돌리고,

"에에에에에엑!"

한목소리로 비명을 질렀다.

"도, 도대체 무슨 말씀을?!"

그중에서 단연 목소리를 높이는 사람은 리테.

그녀는 두 팔을 펼친 채로 위아래로 바둥거리며,

"레어라니요?! 레어라니요오옷?!"

"흐응."

필사적으로 부인하는 말에도 단테는 동요없이,

"누가 봐도 드래곤의 레어인 이곳을 너는 어떻게 알고 있지?"

"우우웃!"

가볍게 떠올리는 말에 리테는 움찔했다.

"생각해 보면 이상한 게 하나둘이 아니었지. 산맥이 모두 자기 땅이라고 하고, 던전의 함정을 모두 알고 있고, 드래곤을 가리키는 말에 발끈하고."

"우우우웃!"

단테의 태연한 어조에 리테는 흠칫 뒤로 물러서,

"아, 아니, 그, 그건… 우연히……."

온몸에 식은땀은 뻘뻘 흘리며 필사적으로 부인한다.

그 모습에 단테는 눈을 가늘게 뜨고,

"…아니라고?"

"에에에에엣!"

차분하게 묻는 말에 별안간 목소리를 높인 것은 리테가 아니었다.

"하지만, 오라버니!"

피아레는 깜짝 놀란 표정으로 단테의 등 뒤에서 고개를 내밀었다.

"드래곤이라면 좀 더 머리가 빠릿빠릿한 녀석들이잖아요! 그런데 이런 멍청한 게 드래곤이라고요?"

"멍청한 드래곤이라니? 무슨 실례의 말씀을!"

피아레의 말에 리테는 발끈 화를 내며,

"……."

모두의 싸늘한 시선이 리테에게 모인다.

"아차아앗!"

뒤늦게 자신의 실수를 깨닫고 머리를 감싸 쥔 채 쓰러지는 리테.

"아무튼 저 녀석이 이 산맥에 살고 있다는 드래곤이야."

"…구전에 따르면 드래곤의 이름은… 메노 리테누토."

단테의 말에 아리사는 짝 하고 손바닥을 마주치며,

"…아아, 그래서 리테였네요."

라는 말에 리테는 돌연 눈을 흘기며,

"그래요!"

한 손을 가슴에 얹고 다른 팔을 활짝 펼치며 자포자기한 듯한 어조로 말했다.

"제가 골드 드래곤 메노 리테누토입니다."

"…우와!"

그 말에 모두는 어쩐지 맥없이 고개를 끄덕이고,

"진짜 그랬구나아."

조금도 감동하지 않은 어조로 중얼거렸다.

"…헤?"

그 반응에 리테는 도리어 어이없어하며,

"뭐, 뭡니까, 그 차가운 반응은? 제가 드래곤이라고요! 무시무시한 드래곤!"

라는 말에 아이리스는 매우 곤란한 듯이 어깨를 으쓱했다.

"아니, 너는 그렇게 말하지만……."

"사실 전혀 안 무섭고."

"…솔직히 좀 멍청해 보여요."

머뭇거리며 덧붙이는 아리사의 말에 리테는 뒤로 넘어갈 듯이 휘청하더니,

"뭐라고요오오옷!"

돌연 불을 뿜을 기세로 날뛴다.

"우왓, 화낸다!"

그 모습에 허둥지둥 물러나는 피아레를 보며 단테는 말없이 한숨을 내쉬고는,

"잠깐만."

날뛰는 리테를 뒤에서 껴안으며 말린다.

"리테."

"…네! 네?"

별안간 부르는 이름에 리테는 부들부들 떤다.

"…갑자기 그렇게 상냥한 어조로 부르면 저, 어쩐지 무서운데요."

지금까지의 경험을 미루어 몹시 두려워하는 리테를 향해 단테는 빙긋 웃으며,

"내놔."

"…네?"

별안간 떠올린 말에 리테는 순간 따라가지 못하고,

"…무슨 말씀이신지요?"

"잔뜩 모아놨겠지? 보물."

되묻는 말에 단테는 몹시도 가벼운 어조로 대꾸했다.

"……."

그 말에 리테는 잠시 사고가 굳고,

"히이이이익!"

이윽고 간신히 깨닫고는 후닥닥 뒤로 물러나서,

"안 돼요오오오오!"

"안 되긴 뭐가 안 돼!"

"그건 착한 사람들에게 나눠 줄 거예요! 빼앗아 가시면 안 돼요오오!"

울며 항의하는 리테를 향해 단테는 버럭 화를 낸다.

"네 녀석의 나쁜 머리로 착한 사람을 어떻게 구별할 거야?"

"아앗! 그런 심한 말씀을!"

"그러니까 내가 훌륭하게 써주겠다는 거야. 착한 사람에게 훌륭한 목적으로. 이 세계의 평화를 위해 주식과 펀드로 잔뜩 불려서."

"아아앗! 세계 평화라는 말은 가슴이 찡했지만… 주식과 펀

드는 뭡니까아앗!"

"돈 불리는 것에는 그게 최고니까."

단번에 돌아온 대답에 리테는 폭 고꾸라진다.

"그래요."

마치 기다렸다는 듯이 피아레가 검지를 길게 내밀며,

"멜로디 왕국의 재건 자금으로!"

외치며 시선을 아이리스에게,

"마도 기술 연구 자금으로!"

아이리스는 다시 아리사에게,

"…에에? 그럼… 저는 새 빗자루로."

아리사는 수줍은 자세로 다시 단테의 소매를 당기고.

"펀드와 주식으로!"

당당하게 외치는 단테의 말에 리테는 비틀비틀 뒤로 물러나 쓰러진다.

"내놔!"

검지를 힘껏 내밀며 모두는 한목소리로 다그친다.

"…정말 인간들이란……."

그 모습에 리테는 힘없이 자리에서 일어나서는 눈물을 글썽이며,

"진짜 너무해요오오오오!"

소리치는 리테의 몸이 순간 연기처럼 흩어진다.

콰르르르!

한 치 앞도 구분할 수 없는 안개 속.

그 희뿌연 안개 속에서 이윽고 모습을 드러낸 것은 거대한 홀을 메울 듯이 큰 골드 드래곤이었다.

그것은 포효하듯이 고개를 비틀며 입을 쩍 벌리고는,

크라라라라랏!

금세라도 불길을 토해낼 것처럼 끔찍한 빛을 입 안에 머금었다.


"우와아아!"

단테는 경악했다.

하늘을 메울 듯한 거대한 골드 드래곤!

"크라라라라랏!"

그것은 무시무시한 표정으로 입을 쩌억 벌린 채로 포효하고,

그저 몸을 비트는 것인데도 일대의 공기가 소름이 돋을 듯 떨린다.

"아이리스!"

단테는 서둘러 아이리스의 멱살을 움켜잡고,

"다요?"

공중에 매달린 채로 갸웃하는 이리스를 보며 단테는 일순간 말문이 막혀,

"…아이리스는?"

"언니는 잔다고 한다요. 깨우지 말라고 했다요."

간신히 던진 질문에 이리스는 몹시도 가벼운 어조로 대답

하고,

"핫핫핫! 이 망할 계집애!"

메마른 웃음을 토하며 단테는 고개를 돌려 피아레를 불렀다.

"배리어 준비해!"

"네, 오라버니!"

바로 대답하는 피아레를 보며 단테는 정면으로 달려 나서며,

"크리에이트 에어!"

파아아앙!

두 팔을 힘껏 치켜 올리며 힘있는 말을 외친다.

이것으로 일대의 공기 밀도는 수 배.

골드 드래곤이 내뱉는 브레스의 종류에 따라 공진 폭발도 가능하지만,

"스트라이킹! 블리스! 헤이스트!"

그러나 그것은 그저 확률의 가능성.

단테는 번쩍 뽑아 든 브로드 소드에 힘있는 말을 불어넣는다.

그리고,

"이 몸은 무적!"

두 팔을 교차한 채로 허공으로 올리며,

"나의 두 팔은 번개이며 나의 두 다리는 바람! 이 몸의 일격은 산을 가르며, 이 몸의 참격은 바다를 벤다!"

쿠오오오오!

외치는 단테의 온몸에 붉은 기운이 넘실거린다.

이것이야말로 단테의 히든카드!

언어 마술!

온몸에 충만한 마력의 힘을 받으며 단테는 브로드 소드를 두 손으로 움켜쥐고,

"간다앗!"

고개를 비틀며 황금빛 광선을 입에 머금은 골드 드래곤을 향해 땅을 박찬다.

그러쟈,

쿠오오오오!

골드 드래곤은 그 거대한 날개를 퍼덕이며 뒤로 물러났다가,

콰르르르룽!

일순간 자세를 잃고 벽에 뒤통수를 부딪치고,

콰르르르룽!

다음 순간 비틀거리며 좌우로 벽에 머리를 찍고,

우르르르룽!

이윽고 무너지는 벽과 함께 바닥에 머리를 박고 천천히 무너졌다.

"으윽!"

그 광경에 달려나가던 단테는 순간 발을 잘못 딛고 고꾸라졌다.

그리고 그 앞에 주르륵 미끄러진 드래곤은 일순간 연기로

흩어진다.

"히이이잉."

이윽고 땅바닥에 머리를 처박은 채로 다시 금발의 미소녀 모습으로 돌아간 리테.

두 눈에 골뱅이가 뱅글뱅글 돌아간 얼굴을 하고 바닥에서 꿈틀거린다.

그리고,

콰르르르르!

황금 드래곤의 몸부림으로 무너진 벽이 흔들거리며,

"꺄아아아악!"

비명을 지르는 피아레의 꼬리를 물 듯이 무너지기 시작하는 레어.

단테는 이리스와 리테를 양팔에 끼우고는,

"도망쳐어어엇!"

소리를 지르며 재빨리 출구를 향해 내달리기 시작했다.

레어는 단테 일행이 그곳을 벗어나자마자 형체도 남기지 않고 완전히 무너졌다.


리테는 완전히 맛이 가 있었다.

형태도 없이 무너진 레어의 잔해.

아마도 그 위치라고 추정되는 곳을 바라보며 물이 간 생선의 눈을 하고,

"우에에에엥!"

돌연 생각난 듯 두 손으로 얼굴을 감싸 쥔 채로 펑펑 울기 시작했다.

그런 리테를 뒤에서 말없이 쳐다보던 피아레는 끼이익 고개를 돌려,

"그러니까."

단테를 보며,

"…고소공포증이라고요?"

"아마도."

"…드래곤이?"

"뭐, 본인이 그렇게 말하니까."

말하며 단테 또한 한숨을 내쉰다.

일단 기세 좋게 골드 드래곤으로 변한 것까지는 좋지만 리테는 고소공포증.

그것도 무려 드래곤의 눈으로 내려다보는 시야조차 견디지 못하는 수준이었고.

그래서 드래곤으로 변신하자마자 두 눈이 핑글핑글 돌아서 입에 거품을 물고 쓰러졌던 것이다.

그제야 안 사실인데, 입 안에 머금었던 것은 브레스가 아니라 게거품.

어쨌든 누구를 원망할 것도 없이 레어를 때려 부순 것은 자기 자신.

그래서 결국 땅바닥을 껴안고 꺼이꺼이 울고 있는 것이겠지만.

“리테.”

그런 리테의 어깨를 뒤에서 감싸며 단테는 그녀의 이름을 부른다.

“…네?”

힘없이 고개를 돌리는 리테.

눈물 콧물로 범벅이 된 얼굴을 하고 있는 그녀를 보며,

“신경 쓰지 마.”

단테는 가볍게 한숨 내쉬고,

“네 잘못이 아니니까.”

그렇게 말하며 가볍게 미소 지으며 손수건을 내민다.

“…제 잘못이 아니에요?”

“그래.”

손수건을 받아 든 채로 고개를 드는 리테의 머리를 쓰다듬으며,

“비록 레어는 무너졌지만, 그렇다고 사람을 소중하게 여기는 리테의 여리고 착한 마음까지 무너진 것은 아니잖아?”

“…오라버니.”

“…주인님.”

“…다요?”

동시에 들려오는 스테레오는 가볍게 무시.

“내일은 내일의 태양이 떠오르는 것처럼.”

단테는 그녀의 손을 잡고,

“리테도 틀림없이 빛날 테니까!”

단호한 어조로 말하며 펼친 손을 허공에 뻗는다.

"……."

그 닭살이 돋는 대사에 모두의 눈은 점이 되고,

"흐윽! 단테님!"

리테는 감격한 듯 울먹인다.

"그래, 리테."

그런 리테를 보며 단테는 가볍게 웃으며,

"함께 여행을 떠나자."

"네, 단테님!"

라는 말에 리테는 단테의 품에 안겨 오열한다.

물론 이것은 어쨌든 드래곤이니까 언젠가 써먹을 때가 있지 않을까 하는 단테의 생각.

덧붙여 파묻힌 보물은 아까 도망쳐 나오면서 머릿속에 그려 둔 지도로 다시 파낼 수 있을 거라는 계산.

하지만,

그 탈출로도 무너져 내렸다는 사실을 뒤늦게 알고 절망하게 된다는 것은 훨씬 훗날의 이야기.

대충 그런 미래였던 것이다.

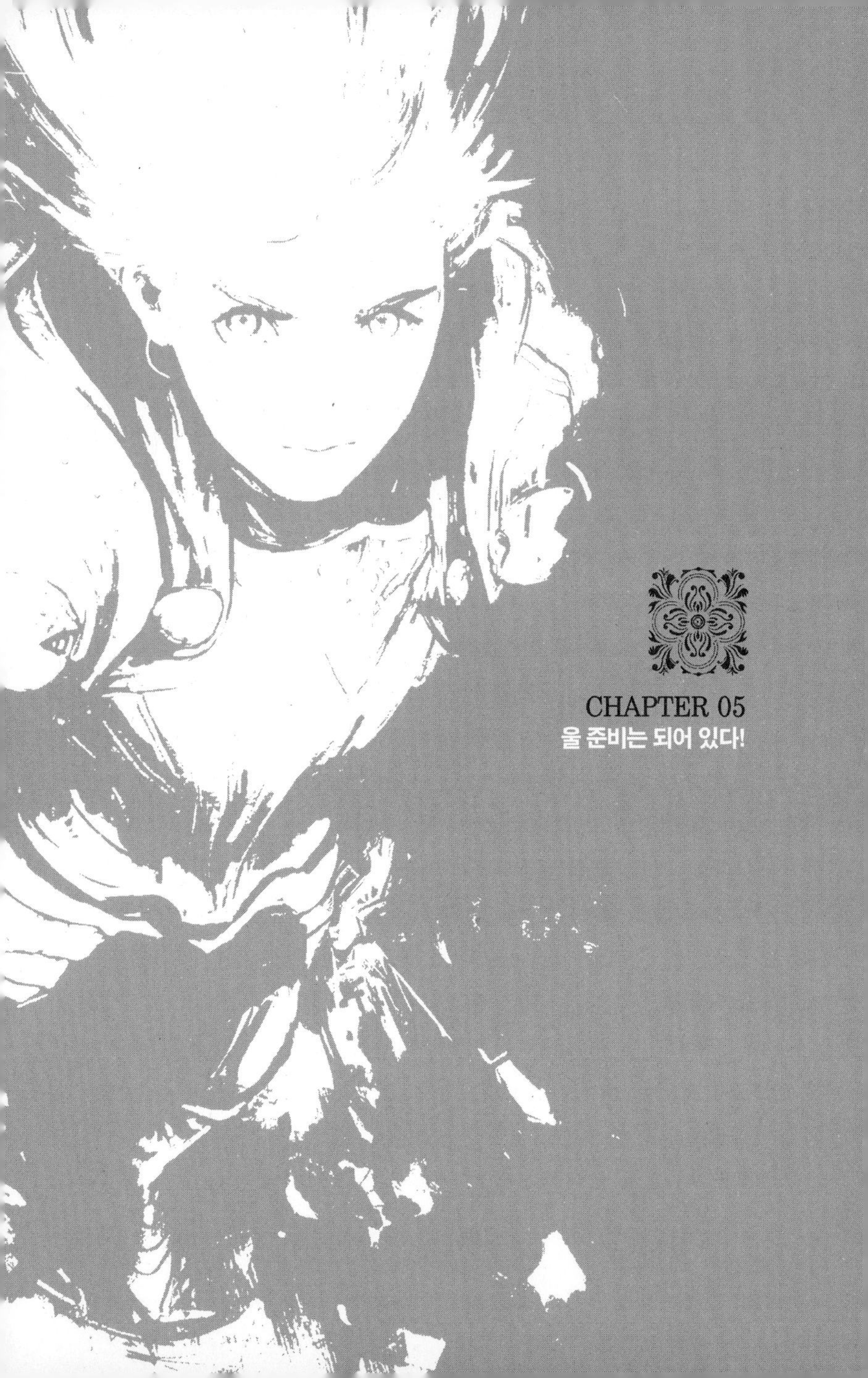
CHAPTER 05
울 준비는 되어 있다!

안단테
칸타빌레

"…으응, 그러면 저녁으로 먹고 싶은 게 있나요?"

화창한 가을.

문득 바라본 풍경이 너무나 아름다운 시간.

아리사는 에이프런을 두른 채로 상냥하게 웃으며 그렇게 말했다.

"다요?"

"네, 네엣?"

그러나 돌아오는 대답은 단둘.

따로 볼일이 있다며 저녁때에야 돌아오겠다는 단테와 겸사겸사 사원에 들르겠다는 피아레가 빠진 탓에 펜션에 남은 사람은 리테와 이리스 한정. 우연히 들른 마을이 흐드러지게 핀

가을꽃으로 유명한 곳이어서 피로도 풀 겸 해서 오늘은 일찍 방을 잡고 쉬기로 한 것이다.

보통은 여관을 이용하지만 특별히 오늘은 펜션.

취사 도구가 깔끔하게 준비된 부엌에 기분이 들뜬 아리사가 팔을 걷어붙이고 물어본 것인데,

"케이크 먹고 싶다요. 고구마 케이크 좋아한다요."

"에, 에에? 으음, 그러니까 나무뿌리보다는 잎사귀가 조금은 더 맛이 있어요."

묻는 말에 두 팔을 파닥거리며 신나서 대답하는 이리스와 턱을 괸 채로 진지하게 고민하는 리테.

꼬맹이인 이리스와 들짐승 레벨인 리테로는 도움이 안 된다.

"기각."

아리사는 가볍게 손을 좌우로 저으며,

"…그러면 새우 크림 소스 스파게티와 오렌지 소스 농어 구이, 흐응, 케이준 치킨 피자 같은 거 괜찮겠지요? 주인님은 새우 좋아하니까."

"케이크도 먹고 싶다요, 케이크도!"

"…에에, 그러면 호박 파이도 준비해 볼까요? 주인님은 편식을 하니까 호박을 써서."

병아리처럼 삐약삐약 목소리를 높이는 이리스의 말에 아리사는 씽긋 웃으며 그녀의 머리에 두 손을 얹었다.

"의견을 묻기는 하지만 어쩐지 단테님 위주인 듯합니다만?"

그 말에 질린 듯이 중얼거리는 리테.

"…먹고 싶은 게 있어요?"

그 말에 아리사는 고개를 갸웃 기울이며 묻고,

"에, 에에? 에에에에! 그러니까아아앗!"

돌연 화살이 자신에게 돌아오자 리테는 깜짝 놀라 후닥닥 뒤로 물러서며 허둥댄다.

"아니, 갑자기 별안간 물어오셔도… 으으응… 그러면 지금까지 먹어온 것 중에 가장 맛있었던……."

오른손을 쭈욱 뻗으며 힘차게 검지를 내미는 리테.

"…맛있었던?"

"계란 프라이를 부탁합니다!"

반복하는 아리사의 말에 그녀는 두 손을 짝 부딪치며 고개를 푸욱 숙인 채 외친다.

"……."

나무뿌리에서 계란 프라이까지.

처절하다고 하면 꽤나 처절한 쿠킹 라이프에 아리사도 일단 침묵.

"…그, 그거 오늘 아침에 드신… 혹시 그거 말하는 건가요?"

"네엣!"

설마 싶어서 되묻는 말에 리테는 힘차게 고개를 끄덕인다.

"어제 먹었던 마른 빵도 맛있었지만, 오늘 아침에 먹었던 따끈한 계란은 정말이지, 정말이지… 영혼이 빠져나가는 줄 알았어요오오오!"

그녀와 함께 여행을 시작한 지 이틀째.

식사 때마다 감격하며 펑펑 눈물을 흘릴 때 눈치는 챘지만 설마 가장 맛있었던 요리가 아침 식사로 나온 계란 프라이일 줄은…….

"…에에, 아침… 맛있었군요."

과연 이것에는 아리사도 어찌할 바를 모르고 맥없이 중얼거린다.

"아침 맛있었다요?"

한 입 먹고 손을 뗐던 이리스.

갸웃하며 묻는 말에 리테는 '응응!' 하며 황홀한 표정으로 두 손을 꼭 움켜쥔데.

"무진장 맛있었어요! 나무뿌리, 아니, 여름에 바삭바삭한 나무 잎사귀보다 엄청!"

"…나무 잎사귀도 먹는다요?"

"그러엄요오오! 사과… 먹고 싶지만 원숭이님들이 너무 무서워서… 무서워서어어!"

갸웃하며 묻는 말에 리테는 훌쩍이며 대답한다.

"…원숭이 씨에게도 지는군요, 리테는."

그 말에 아릿한 시선으로 고개를 돌리는 아리사.

그대로 놔두었다면 리테, 올해 겨울을 넘기지 못했을지도.

충분히 가능성있는 상상에 저도 모르게 오싹 한기가 든다.

"…에에, 그러면 저녁을 기대하세요."

"계란 프라이 해주는 건가요오오?"

"…그건 특별히 안 할 거지만요."

"히이이잉!"

말이 떨어지기가 무섭게 두 눈을 뚝뚝 흘리며 몹시도 슬퍼하는 리테.

그 반응에 아리사는 '후후' 하고 웃으며,

"그것보다 훨씬 맛있는 요리 할 테니 기대해요."

"네에에에엣?"

가볍게 나누는 말에 리테는 얼뜨기 같은 표정으로 우당탕! 뒤로 나동그라진다.

"그, 그럴 수가아아!"

"…네?"

"그런 말도 안 되는 거짓말 마세요!"

"…에, 어라?"

"세상에 계란 프라이보다 맛있는 요리가 존재할 수 있다는 건가요오오옷?!"

콰앙!

"…시끄러워요."

돌연 날뛰는 리테의 뒤통수를 프라이팬으로 후려치는 아리사였다.

"…냐, 냐옹?"

이윽고 그녀는 두 눈이 골뱅이가 되어 퍼진 리테를 한쪽으로 밀고는 일단 한숨.

"이리스."

“이리스다요!”
이리스는 번쩍 손을 치켜들며 뛰어온다.
“…심부름할 수 있죠?”
“이리스 착하다요! 심부름한다요! 잘한다요!”
“…착하네요, 이리스.”
팔짝팔짝 뛰어오르며 머리를 내미는 이리스에게 아리사는 머리를 쓰다듬어 주고는,
“그러면 심부름 부탁할게요. 리테랑 함께.”
“함께다요?”
“…네. 혼자서는 양이 많으니까 함께.”
고개를 끄덕이는 아리사의 말에 이리스는 잠시 생각하는 듯하더니 이윽고 그녀를 향해 힘차게 고개를 끄덕였다.
“알았다요!”
“…에에, 그러면…….”
그렇게 말하며 아리사는 근처 테이블에 앉아 펜과 종이를 꺼내어 레시피를 적기 시작했다. 그리고 그렇게 준비된 레시피를 하나 더 똑같이 적어서는 이리스에게 내밀었다. 때마침 정신을 차린 리테도 이리스의 등 뒤에서 고개를 빼꼼히 빼고는 레시피를 쳐다보았다.
“…앞에 적었어요. 일단은 리테 씨도 여자니까 참고하라고 레시피도 적어드린 거예요. 천천히 한번 읽어보세요.”
“네.”
“알겠다요.”

힘차게 고개를 끄덕이며 리테는 레시피를 받았다.

"…으응, 가는 길 조심하시고요, 모르는 사람 따라가지 마세요. 아, 돈은 여기."

아리사는 호주머니에서 금화를 꺼내 이리스에게 주며 딱 부러지는 어조로 말했다.

"알았다요."

"…사람들 많은 데에서 떨어지면 위험하니까요, 귀여운 고양이가 있다고 쫓아가거나 하지 말고, 아, 맞아! 돈 흘리지 않게 조심하고."

귀를 쫑긋 세워 들으며 이리스는 고개를 끄덕이고,

"알았다요."

그렇게 말하며 아리사는 시선을 돌려 리테를 쳐다보았다.

"…알았어요, 리테?"

"에에에에엑!"

느닷없는 말에 깜짝 놀라 이상한 소리를 내는 리테.

"전부 저한테 하는 소리였습니까아앗?"

"…네."

라는 말에 아리사는 당연하다는 듯이 고개를 끄덕인다.

"그, 그러어어언!"

"…그러니까 리테를 잘 부탁해요, 이리스."

아리사의 대답에 리테는 바닥에 푹 고꾸라져 소리 죽여 훌쩍인다.

"알았다요. 안심 푹 놓는다요."

정말 걱정된다는 듯이 리테를 쳐다보는 아리사를 보며 이리
스는 힘차게 고개를 끄덕였다.


"날씨가 좋아요오오."
다시 말하지만 화창한 가을.
싸르르! 싸르르!
풀벌레의 울음소리가 정취를 더하는 그런 계절.
차분한 걸음의 이리스를 따라서 두 팔을 활짝 펴고 리테는
오솔길을 걷는다.
마을의 외곽에 자리 잡은 펜션에서 마을의 시장으로 가려면
외길의 오솔길을 걸어야 한다.
앞서 걷던 이리스는 문득 고개를 돌려 리테를 쳐다보고는,
"심부름 즐겁다요?"
갸웃하며 묻는 말에 리테는 황홀한 표정으로 두 손을 꼬옥
붙잡았다.
"즐거워요오오."
춤이라도 출 것처럼 나풀나풀 뛰어다니는 리테.
머리에 꽃이라도 꽂으면 무척 잘 어울릴 듯한 그녀의 행동
에 이리스는 어쩔 수 없다는 표정으로 '휴우!' 하고 한숨을 내
쉬었다.
"바보에겐 약도 없다요."
하지만 이미 돌아올 수 없는 강을 건넌 리테.
바람이 불면 두 팔을 들어 손을 뻗어보기도 하고,

예쁜 꽃이 피어 있는 걸 보면 쫓아가서 쭈그려 앉아 멍하니 구경을 한다.

세 살 먹은 어린애도 그보다 나을 것만 같은, 무진장 산만한 리테의 모습에 이리스는 다시 한 번 한숨을 내쉬고는,

콰앙!

"꺄아아악!"

품에서 꺼낸 프라이팬으로 뒤통수를 후려친다.

"이, 무슨 무지막지한 짓을!"

뒤통수를 어루만지며 훌쩍이던 리테는 순간 깜짝 놀라,

"아니, 그것보다, 때렸어요? 프라이팬으로?"

"때렸다요."

후닥닥 뒤로 물러서는 리테를 보며 아리사는 가볍게 고개를 끄덕였다.

"리테가 맛이 가면 이걸로 때리라고 했다요."

"…아리사 씨가?"

"맞다요."

두려워하며 묻는 말에 이리스는 당차게 말한다.

"히이이잉!"

예상한 결과에 리테는 어깨가 축 처져서 훌쩍훌쩍.

이윽고 이리스를 따라서 터덜터덜 뒤를 쫓기 시작했다.

"너무해요. 다들 나를 못 믿고 있어요오오오."

비련의 여주인공이라도 되는 듯이 흐느껴도 이리스는 안면 몰수.

깨끗하게 모른 척하고 오솔길을 따라,

"아! 다 왔다요."

마침내 시내에 도착했다.

"자아, 쌉니다!"

"그럼요! 무지 싸요!"

"지금부터 오렌지가 반값! 서두르세요!"

리테와 이리스가 도착한 곳은 시내의 시장.

커다란 바구니에 과일이나 야채, 생선 따위를 담은 상인들이 분주히 오가는 사람들을 향해 제각기 소리를 높이고 있었다. 이리스는 넋이 빠진 리테의 손을 잡고 시장으로 들어섰다.

"흐에에에에."

시장을 처음 봤던 걸까?

오가는 사람에 넋이 빠진 리테는 이리스의 손에 끌려,

몽유병 환자처럼 터덜터덜 그녀를 쫓아 사람들 사이를 걸었다.

"이크!"

"이봐, 조심해!"

"히이이익! 죄송… 흡!"

바쁘게 오가는 사람에 부딪쳐 터지는 불편에 깜짝 놀란 리테는 그 자리에서 절이라도 할 듯이 허리를 숙였다가 펄쩍 뛰어올라 입을 틀어막는 이리스에 붙잡혀 조용히 끌려갔다.

"일일이 사과 안 한다요. 사람 많으니 부딪치는 거 많다요."

"그, 그런가요오오?"

"그런 거다요."

머뭇머뭇대는 리테와 달리 이리스는 척하니 허리에 두 손을 붙인 채로 당당하게 대답한다.

그 기세에 눌려 리테는 엉겁결에 고개를 끄덕이고,

"간다요."

다시 팔을 붙잡혀 이리스를 쫓아 시장으로 돌아왔다.

"우선 먼저 새우… 다요?"

심부름 종이를 꺼내 들고 길을 걷던 이리스는 돌연 코끝에 와 닿는 향기에 문득 발걸음을 멈추고,

"와아! 케이크다요! 케이크다요!"

돌아본 시선에 자리 잡은 케이크 가게에 두 팔을 활짝 펼쳐 환호한다.

"케, 케이크요오오?"

"이거다요!"

하며 이리스가 가리킨 것은 새하얀 크림이 잔뜩 발라진 조각 케이크.

"어서 오세요!"

그 소리에 안에 있던 점원 언니가 서둘러 달려와 둘을 맞았다.

"어떤 걸 찾으세요? 케이크인가요?"

"케이크다요!"

서글서글하게 웃으며 권하는 말에 이리스는 돌연 반색을 하며 달라붙어,

“이거다요! 이거 준다요!”

팔짝팔짝 뛰어가며 손을 뻗은 끝에는 초콜릿 케이크가 있다.

“아, 네. 초콜릿 무스 케이크 말인지요? 몇 개 드릴까요?”

“두 개다요!”

“자, 잠깐요, 이리스!”

일사천리로 진행되는 구매에 깜짝 놀라 리테는 팔을 뻗어 이리스를 말리지만,

“이거 놓는다요.”

이리스는 무시무시한 표정을 지으며 리테의 팔을 털어낸다.

“히이이익!”

“내가 먹고 싶다요.”

후닥닥 물러서는 리테를 향해 이리스는 단호한 어조로 그렇게 말하며 점원 언니를 재촉해서 서둘러 케이크를 포장하게 했다.

“저, 저어…….”

“두 개 합쳐서 은화 하나예요.”

“여기 있다요.”

리테는 부들부들 떨면서도 용기를 내어 말을 걸지만 이리스와 점원은 모른 척 무시하고,

“수고다요.”

“맛있게 드세요!”

케이크를 받아 들고 가게를 나가는 이리스와 손을 흔들어

배웅하는 점원 언니.

이 흐뭇한 광경에 리테는 이리스의 스커트 자락을 부여잡고 속으로 울었다.

"이러면 안 돼요오오오."

"시끄럽다요."

하지만 깔끔하게 무시하는 이리스.

"내가 먹고 싶은 것은 먹는다요. 리테는 입 다문다요."

"히이이익!"

또다시 무시무시한 표정을 짓고는 리테의 팔을 붙잡고 골목을 지나서,

"여기서 먹는다요."

그렇게 말하며 마침내 걸음을 멈춘 곳은 시장에서 조금 벗어난 공원이었다.

이리스 또래로 보이는 아이들이 모래판 위에서 뛰어다니는 그곳에서 이리스는 잠시 주변을 살피더니 이윽고 근처에 놓여진 자그마한 벤치에 리테를 끌고 앉았다. 그리고는 아까 포장한 케이크를 무릎 위에 얹고는 포장을 푼다.

"……"

포장 안에서 마침내 모습을 보이는 두 개의 초콜릿 조각 케이크.

그 안에서 올라오는 달콤한 향기에 이리스는 물론이고 리테 또한 숨을 죽이고,

"먹는다요."

이리스는 단호한 어조로 말했다.

"…하, 하지만……?"

처음 맡아보는 매혹적인 향기에 끌려 입가에 침을 질질 흘리면서도 아리사의 말을 떠올린 리테.

금세라도 울 것은 표정을 해서는 고개를 가로저었다.

"리테가 안 먹으면 내가 다 먹는다요."

그 반응에 싸늘하게 웃으며 대꾸하는 이리스.

"……."

말없이 손을 뻗어 두 조각을 집어 들 준비를 하고,

"먹겠습니다아아!"

그 모습에 리테는 허둥지둥 손을 뻗어 다른 케이크를 낚아챘다.

"맛있게 먹는다요!"

"맛있게 먹겠습니다아!"

둘은 듀엣으로 그렇게 외치며 서둘러 케이크를 입에 가져갔다.

그리고 리테는 할 말을 잃었다.

처음 먹어본 케이크였다.

주식은 나무뿌리와 나무 잎사귀.

사과나 딸기는 좋아하지만 원숭이님이 너무 무섭다.

무섭기는 했지만 그래도 멋진 안단테 왕자님을 따라서 세계로 나온 리테.

처음 먹어본 인간의 음식은 눈물이 왈칵 쏟아질 만큼 맛있다고 생각했다.

그리고 그 음식보다 맛있는 것을 오늘 저녁 아리사가 해준다고 했다.

정말로 계란 프라이보다 맛있는 요리가 있는 걸까?

갸웃하면서도 마음 어딘가는 두근두근.

심부름을 하면서도 그 생각에 머릿속 어딘가는 나사가 풀려 있다고 생각했다.

그 와중에 잠깐 딴 길.

이리스가 준 케이크를 먹게 되었다.

그것은, 그러니까 그것은…….

맛있다는 한마디로 표현해서는 안 된다고 생각되었다.

그 한마디로 그 달콤함을 표현하는 것은 케이크에 대한 모독!

…….

뭐랄까.

정말로 맛있었다.

"다요! 다요!"

"…에?"

세차게 어깨를 잡아당기는 손길에 간신히 정신을 차린 리테.

"왜 그러세요오?"

정신을 차려보니 옆에서 이리스가 자신의 어깨를 흔들고 있었다.

“리테의 입에서 새하얀 게 나오려고 했다요.”

“…새하얀 거?”

저도 모르게 앵무새처럼 이리스의 말을 되풀이해 중얼거리던 리테는 그 순간 몸이 굳어서,

“…혹시 영혼이 빠져나갈 뻔했던?”

“그거다요.”

라는 물음에도 이리스는 생글생글 웃으며 대답했다.

“…죽을 뻔했네요, 나.”

영혼도 빠져나갈 뻔한 케이크의 달콤함에 새삼 감탄하는 리테.

“하지만.”

문득 생각난 듯이 두 손을 꼬옥 그러모은 채로 말한다.

“맛있네요, 케이크.”

“맛있다요, 케이크.”

이에 질세라 비슷하게 맛 간 표정으로 이리스는 대답한다.

사람에 따라서 단것에 대한 좋고 싫음은 꽤 갈리는 편이지만 이리스와 리테는 둘 다 단것을 좋아하는 편이다. 아니, 리테의 경우 지금까지 단것을 먹은 적이 드물어서 그만큼 내성이 없다고 봐도 틀리지 않다.

그때,

“언니랑 함께 온 거야?”

조그마한 아이가 이리스를 쳐다보며 말을 걸어왔다.

다들 집이 근처인 걸까? 한데 어울려 놀던 아이 중에 한 여

자아이가 이리스를 향해 갸웃하고 말을 걸자 그제야 다른 아
이들도 '와아' 하고 달려와 이리스와 리테 주변을 둘러싼다.

"나, 미네."

먼저 말을 걸었던 아이는 이리스를 보며 배시시 웃으며,

"같이 놀래?"

하고 손을 내민다.

그 말에 이리스는 눈을 동그랗게 뜨더니 이윽고 아이를 향
해 팔짝 뛰었다.

"같이 논다요!"

"이리스으으웃!"

말이 떨어지기가 무섭게 허겁지겁 뒤에서 이리스를 껴안는
리테.

"심부름이요오오!"

드물게 사리가 맞는 말을 하며 달라붙는 리테의 기세에 떠
밀려 이리스는 그대로 앞으로 고꾸라져 모래 바닥에 머리를
처박았다. 저도 모르게 붙잡기는 했는데 정신을 차리고 보니
이리스는 바닥에 쓰러져 있고,

"에, 어라?"

뒤늦게 후회해 봤자 이미 돌이킬 수 없는 일.

이윽고 자리에서 일어난 이리스는 아이들의 도움을 받아서
모래를 털고는 서서히 고개를 돌려 리테를 쳐다보았다. 무표
정한 얼굴이 더욱 무서워 부들부들 떠는 리테. 바라보며 이리
스는 씽긋 웃지만,

“리테.”

눈이 전혀 웃고 있지 않다.

“왜, 왜 그러시나요? 그렇게 웃으니까 어쩐지 무서워요오오.”

“심부름은 리테가 하는 거다요.”

“…네?”

“아리사 언니가 시킨 거다요. 이리스는 심부름 안 한다요.”

“에, 에엣? 하지만 분명히 같이… 웃!”

구석에 몰려 부들부들 떨면서도 일단 항의는 하는 리테.

그런 그녀를 바라보며 이리스는 차분한 어조로 대꾸했다.

“단테 오빠가 가장 높다요. 리테가 가장 아래다요. 그러니까 이리스는 리테보다 높다요.”

“에에엣?”

“그러니까 심부름은 리테가 하면 된다요.”

“그럴 수가아아!”

그 한마디에 힘없이 무너지는 리테.

딱 잘라 말하는 이리스의 말에 돌연 바닥에 고꾸라져 흐느낀다.

리테는 단테 아래에 전원 평등하다고 생각했지만 이리스의 대답은 먹이사슬 논리.

단테를 최상층으로 리테가 가장 아래에 있다고 말하는 것이다.

“심부름해라요. 이리스는 놀 거다요.”

그렇게 말하며 이리스는 아이들과 함께 뛰어갔다.

"너, 너무해요오오오!"


축 늘어진 어깨.

몸도 마음도 너덜너덜.

한 손에는 레시피를 들고,

다른 손에는 금화가 든 지갑을 쥔 채로 리테는 골목을 걸어

간다.

울며불며 사정하고 매달려도 이리스는 들은 척도 안 하고,


"안 가면 때릴 거다요."


결국 으스스한 협박에 못 이겨 혼자서 요리 재료를 살 수밖

에 없었던 것이다.

"에에, 일단은 새우부터!"

할 수밖에 없다면 즐겁게!

빠직! 하고 어딘가 무너져 내리는 마음을 다잡으며 리테는

시장을 향한다.

하지만 소심한 리테.

몇 발짝 가지도 않았는데 멀찌감치 보이는 시장을 보며 우

물쭈물 몸을 사린다. 사람들과 얽혀서 좋은 기억이 하나도 없

는 리테였던 것이다.

"어, 어쩌지요오오오."

결국 벽에 등을 기댄 채로 울먹거리는 리테.

때마침 골목을 지나던 서너 명의 소년 무리와 마주친다.

"어, 뭐 해요?"

"헤에, 재료 사러?"

나이는 이리스보다 조금 위일까?

한참 미울 나이에 한참 미운 표정의 아이들.

리테가 쥐고 있는 레시피를 힐끗 보고는 요리 재료를 살 것을 눈치 채고, 이윽고 다른 손에 쥐어진 지갑을 보며 눈을 번뜩인다.

"어떤 거 사려고 하는 거야, 누나?"

"이 동네 처음이지? 물건 볼 줄 모를 텐데……."

"그래. 이 동네가 좀 복잡해서. 그러니까 우리가 대신 사줄까?"

척 봐도 부들부들 햄스터 계열로 보이는 리테의 모습에 호구로 낙찰.

어디서 배웠는지 전형적인 대사를 떠들며 찰싹 달라붙는다.

하지만 세상 물정 어두운 리테.

"엣? 도와주려는 건가요오?"

"아, 물론!"

"그, 그러면요오, 제가 사려는 게 뭐냐면요오오."

"아, 뭐든지 우리가 사줄 테니 일단 돈부터 줘요."

"그래, 돈을 주면 우리가 사줄게."

감격해서 두 팔을 수평으로 펼친 채 파닥거리는 리테를 둘러싸며 노골적으로 말하기 시작했다. 하지만 리테는 도망치지 못하게 세 명의 소년이 자신을 조금씩 벽에 몰아붙이는 것도 눈치 채지 못하고 헤실헤실 웃으며,

"정말 고마운 분들이군요오."

감격해서 금세라도 울먹일 듯한 표정으로 말했다.

"그러니까 빨리 지갑!"

"아, 네!"

서둘러 리테가 지갑을 건네려던 그때,

"그만 해라, 이 악당들아!"

익숙한 대사는 골목 저편에서 들려왔다.

"무슨?"

"어디냐?!"

느닷없는 외침에 허겁지겁 주위를 살피는 소년들.

이것도 꽤 패턴이라고 할까?

정해준 것도 아닌데 조무래기 악당들의 흉내를 내며 당황한다.

"저기에!"

이윽고 한 소년이 가리킨 곳은 골목의 입구.

그곳에는 리테를 협박하던 소년과 비슷한 나이의 남자 아이가 서 있었다.

나이로 치면 열한 살 정도 될까?

잘 차려입은 깨끗한 옷에 말끔한 얼굴을 하고 있는 소년은 살짝 웨이브 진 금발머리를 훗! 하고 쓸어 넘기더니,

"악을 행하는 곳에 반드시 정의가 있다! 악에 물든 너희들을 위해 하늘이 내려준 나!"

그렇게 외치며 장검을 뽑아 번쩍 치켜 올렸다.

"하늘을 대신해 내가 심판을 내린다!"

스르룽!

그것은 햇빛에 빛을 머금고 은빛 칼날을 매섭게 번뜩였다.

"우왓!"

"미친놈이다!"

"저거 진짜 칼이야!"

가슴이 싸늘할 정도로 순백의 빛을 발하는 칼날을 보며 소년들은 경악하며 소리친다.

"간다아앗!"

힘찬 고함과 함께 소년은 칼을 들고 골목을 향해 내달리고,

"도망쳐!"

"으아아악!"

"사람 살려!"

진짜 칼을 들고 달려오는 소년과 싸울 생각이 없었던 듯 아이들은 리테를 놓고 거미새끼처럼 뿔뿔이 흩어져 도망쳤다.

"…어라?"

순식간에 벌어진 상황에 넋이 빠진 리테는 멍한 표정으로 달려온 소년을 쳐다보았다. 아이들이 흩어져 도망치자 소년은 들고 있던 검을 다시 칼집에 넣고는 '훗' 하고 웃으며,

"위험하셨습니다, 레이디."

단테가 들었으면 틀림없이 데굴데굴 굴렀을 대사를 아무렇지도 않게 한다.

"에, 에엣?"

이에 따라가지 못하고 허둥대는 리테.

"제가 위험했었나요오?"

"예."

깜짝 놀라 묻는 말에 소년은 고개를 끄덕였다.

"저 못된 악의 조무래기들이 레이디의 지갑을 강탈하려고 했었지요."

"아, 아앗! 그랬었습니까앗?"

"네. 하지만 다행히 신의 계시로 제가 이곳을 지나쳐서 재빨리 위기에서 레이디를 구할 수 있었던 것입니다."

뒤늦게 상황을 깨닫고 새파랗게 질린 리테를 보며 소년은 다시 '훗!' 하고 웃으며 그렇게 말했다.

그 말에 리테는 간신히 정신을 차리고,

"가, 감사합니다."

깊게 고개를 숙여 인사를 한다.

"아니, 그건 용사의 당연한 본분. 인사를 받을 것은 없습니다."

"…용사님이세요?"

"훗! 눈치 채셨습니까?"

자신이 스스로 떠들었다는 사실은 모르는 걸까?

갸웃하며 묻는 말에 소년은 다시 잘난 척 머리를 쓸어 올리며 말한다.

"소개가 늦었군요. 제 이름은 피트."

피트.

"…앗! 아니, 붉은 혜성이라고 불리고 있죠."

아니, 자칭 붉은 혜성 씨는 서둘러 휙휙 손을 내젓고,

"아, 아앗! 그렇군요오오."

이에 전혀 눈치 채지 못하고 감격한 듯이 두 손을 꼬옥 모으는 리테.

"저는 붉은 혜성 용사님께 은혜를 입은 것이군요."

"…훗! 뭐, 그렇다고 할 수 있을지도."

"그런데 왜 붉은 혜성이신가요?"

"…훗! 그거야 이 붉은 옷을……."

"새하얀데요, 입고 계신 옷."

…날카롭지는 않고,

무딘 지적에도 일순간 삐질 땀을 흘리는 피트.

"…훗! 그러니까 하얀 혜성이라 불리고 있지요."

"아아, 그렇군요오!"

이윽고 더럽게 잘난 척하며 말을 바꾸는데도 리테는 전혀 눈치 채지 못하고 감탄했다.

"그런데… 용사님이시군요오."

"제 입으로 밝힐 수는 없는 일이지만 그렇습니다."

"…하지만 아직 어리신데……."

문득 떠오른 생각에 무심코 중얼거리는 리테.

생각해 보면 소년의 나이는 아마도 열한 살 전후.

몸도 마음도 아직 성숙하지 못한 몸으로 용사라고 할 수 있을까?

아무리 나사가 풀려 있다고 해도 거기까지 눈감아줄 정도로 바보는 아닌 리테.

"…훗!"

하지만 그 말에도 소년은 여전히 잘난 척하며,

"정의에 나이는 소용이 없는 것입니다."

"아아앗! 그렇군요오."

엉터리 대답을 해도 리테는 납득해 버린다.

"…훗! 이해하시는군요."

"아, 네!"

"그렇습니다!"

힘차게 고개를 끄덕이는 리테를 보며 소년은 다시 머리를 쓸어 넘겼다.

그리고 진지한 표정으로 살짝 고개를 돌려 저 먼 태양을 올려다보며 말한다.

"나에게는 꿈이 있습니다. 그것은 세계의 평화에 깊이 뿌리를 둔 꿈입니다. 나에게는 꿈이 있습니다. 그것은 모든 정의가 실현이 되는 그런 꿈입니다. 나에게는 꿈이 있습니다. 그것은 모든 악이 소멸되는 그런 꿈입니다. 그렇습니다. 내게는 꿈이 있습니다. 모든 악이 사라지고 모든 정의가 돌아오는 그런 꿈. 나는 그런 꿈을 가지고 있습니다. 나는 이런 신념을 가지고 절망의 산에서 터널을 뚫을 것입니다. 나는 이런 신념을 가지고 내 힘으로 어둠의 과거를 광명의 내일로 바꾸겠습니다."

이따금 스치는 골목의 산들바람에 머리카락을 휘날리며 소년은 중얼거린다.

그것은 그 누구도 아닌 리테가 들으라고 떠드는 소리.

누가 들어도 자아도취에 빠진 그 대사에 리테는 멍한 표정으로 소년을 바라보더니,

"오, 오오오오!"

이윽고 힘차게 손뼉을 마주치며 고개를 끄덕였다.

"그래요! 그런 세상을 만들어야 해요오오오!"

하지만 리테는 모른다.

그것이 누군가 대사의 표절이며, 자칭 용사님은 그저 폼 나서 외웠다는 사실을.

"…훗, 그렇습니다."

그렇게 말하며 소년은 지그시 시선을 돌려,

"함께 정의를 실현하러 가시겠습니까?"

"물론이에요오오오!"

엄청 낯 뜨거운 대사를 내뱉는데도 리테는 감격해서 그의 손을 덥석 붙잡았던 것이다.


"이곳입니다!"

피트가 인도한 곳은 마을에서 조금 떨어진 산이었다.

조금 떨어져 있다고 해도 걸어서 한 시간 내외.

슬슬 지쳐 간다 싶었을 즈음 마침내 도착한 목적지는 도로가 이어져 있어서 통행이 빈번한 산이었다. 하지만 숲은 우거지고 통행이 빈번하다고 해도 마을의 범주. 이런 곳까지 경비를 보내기에는 다소 껄끄럽다 싶은 그런 위치에 어김없이 존재하는 산적.

피트는 그곳을 찾아간 것이다.

"뭔가 으스스해요오오."

이따금 생각난 듯 들썩거리는 수풀의 음산한 기운에 짓눌려 리테는 벌벌 떨며 말했다.

"…훗!"

하지만 피트는 여전히 잘난 척하는 자세로 폼을 잡고는,

"제가 있으니 걱정 마세요, 레이디."

자신만만하게 말한다.

"…산적들을 많이 만나봤나요?"

돌연 떠오른 걱정에 조심스럽게 묻는 말에 피트는 '훗!' 하고 웃었다.

"하루에 한 번은 반드시."

"흐에에에! 그렇게 자주 퇴치하셨나요오오?"

"그렇습니다."

힘차게 고개를 끄덕이며,

"매일 밤 꿈속에서."

가볍게 덧붙이는 말에 리테는 순간 몸이 굳는다.

"…라는 말씀은 설마?"

"물론 실전은 처음입니다만 아까 몹쓸 악당들도 간단히 해치운 것을 보면 산적들도 가볍게 해치울 것이 틀림없습니다."

끼이익! 하고 무겁게 고개를 돌리는 리테를 눈치 채지 못하고 피트는 가슴을 쫘악 펴고 대꾸한다.

"…에에."

아무리 리테라도 일말의 불안감이 떠오른 그때,

"남매간에 오붓하게 산책인가?"

귀에 거슬리는 탁한 음성이 울려 퍼졌다.

그리고 수풀을 들썩거리며 하나둘씩 모습을 드러내는 것은 역시나 산적 떼.

그 수는 대략 십여 명은 되었다.

"히이이이익!"

별안간 등장한 산적 떼의 모습에 그대로 뒤로 주저앉고 마는 리테.

"나타났군!"

반면, 피트는 희색이 만면해서 허리춤에 찬 검을 뽑아 든다.

"ㅎㅎㅎ."

하지만 산적은 개의치 않고 피트에게 말한다.

"누나는 지키겠다는 의지는 가상한데 말이지, 그것보다는 그냥 가진 걸 내놓고 가는 게 어때? 목숨만은 살려줄 테니."

"닥쳐라, 이 악당들!"

두목인 걸까?

유난히 덩치가 좋은 산적이 한 걸음 앞서 나오며 느긋하게 떠드는 말에 피트는 차갑게 대꾸했다.

"네놈의 더러운 악행도 오늘로써 모두 끝이다! 얌전히 정의의 심판을 받아라!"

그 말에 산적은 일순간 할 말을 잃고,

"이, 이놈이 건방지게에엣!"

돌연 이마까지 시뻘겋게 물들어서 버럭 화를 냈다.

"히이이이잉!"

그 모습에 머리를 감싸 쥐고 부들부들 떠는 리테.

"안심하세요!"

돌아보며 그렇게 외치고 검을 뽑아 든 피트는 산적 두목을 향해 달린다!

하지만,

"이얍!"

하고 멋지게 휘두른 칼은 크게 빗나가 허공을 베고,

"하아?"

티잉!

어이없어하며 두목이 내려친 손날에 팔목을 맞아 피트는 검을 떨어뜨린다.

그리고 그 자세로 한참을 굳어 있는 피트.

휘이이잉!

찬바람이 분다.

"역시나!"

예측한 그대로의 상황에 털썩 주저앉는 리테.

이윽고 끼이익 무겁게 고개를 돌린 피트의 앞에는 일그러진 표정의 산적 두목이 있다.

"…어라?"

"으아하하핫!"

말이 떨어지기가 무섭게 산적 떼는 배를 잡고 데굴데굴 굴렀다.

그 모습에 민망함에 어쩔 수 몰라 고개를 돌리는 리테였다.

"…그래서?"

한참을 웃은 끝에 눈가에 눈물까지 흘리며 산적 두목은 피트의 어깨에 척하니 손을 얹고 묻는다.

그 말에 피트는 입가에 경련을 일으키더니,

"당신!"

돌연 고개를 돌려 리테를 가리키며 외쳤다.

"산적님께서 기다리시잖아아!"

"에, 에에에엣?"

퍽!

"냉큼 가지고 있는 재물을 다 넘겨드리지 못해? 이분의 관대함에도 한도가 있는 거라고!"

느닷없는 고함에 움찔 물러서는 리테를 서둘러 붙잡고는 다른 손으로 그녀의 머리를 후려쳤다.

"호오!"

그 모습에 엄청 재밌어하는 산적 두목.

"여기 있지, 여기!"

“아아아앗!”

하며 피트는 리테의 소매를 뒤져 지갑을 찾아내고는 후닥닥 두목에게 달려가 90도로 고개를 숙인 채로 그것을 내밀었다.

“자, 여기 있습니다.”

“남매가 아니었냐?”

“물론입지요, 두목님.”

씨익 웃으며 묻는 말에 피트는 힘차게 고개를 가로저었다.

“저런 멍청한 여자와 제가 남매라니, 생각만 해도 기분이 불쾌해지는데요.”

“핫핫핫핫! 자네, 태도가 재미있는데?”

“헤헤헤, 그렇게 봐주시니 영광입니다.”

태도가 돌변한 피트가 마음에 들었는지 두목은 피트의 어깨를 두드리며 말했다.

“아, 그런데 돈만 받으면 조금…….”

“물론입지요. 멍청하긴 해도 제법 미인이니까요.”

“호호호! 너, 제법 머리가 빠르다?”

“아이고, 무슨 말씀을! 대두목님에 비하면 자갈 수준이지요.”

더럽게 잘난 척하며 어깨를 들썩이는 산적 두목 밑에서 허리를 수그린 채로 두 손을 싹싹 비는 피트였다.

“이, 이럴 수가아아!”

그 모습에 바닥에 쓰러져 흐느껴 우는 리테.

하지만 온통 산적뿐인 이곳에서 그녀의 편은 아무도 없다.

“자, 그렇게 됐으니까……!”

의기투합해서 어깨동무를 한 채로 두목과 피트는 한목소리로 말한다.

“…정말 인간들이란…….”

그 모습에 리테는 힘없이 자리에서 일어나서는 눈물을 글썽거렸다.

“진짜 너무해요오오오오!”

소리치는 리테의 정면으로 돌연 차원의 균열이 생기고,

쿠르르르르!

돌연 허공에 떠오른 시커먼 점을 중심으로 물결 무늬마냥 파동이 원을 그린다.

그리고 그것은 이윽고 엄청난 에너지가 되어 황금물결로 출렁거리기 시작했다.

“히익!”

“우헤헤헤엑!”

“으아아아아악!”

산적들은 절규한다.

불길하다!

무언가 불길하다!

정확히 알 수는 없지만 무언가 무지막지하게 불길하다!

그렇게 본능적으로 느낀 산적들은 허겁지겁 몸을 돌려 도망치려 했지만,

콰르르르릉!

이미 늦었다.

황금물결은 이윽고 하나의 거대한 레이저 브레스가 되어 공간을 찢었다.

"크아아아아아아악!"

느닷없는 레이저 브레스 세례에 휩싸여 여기저기 날아가는 산적 떼.

콰르르르르릉!

"으으으으으으으으으으!"

분노로 정신을 잃은 리테의 레이저 브레스로 흔적도 없이 소멸하는 일대.

교통 좋은 어딘가의 산은 산적 떼와 함께 그날로 지도상에서 완전히 소멸되었다.


리테는 완전히 맛이 가 있었다.

형태도 없이 사라진 산.

고도마저 사라져 버린 그곳에서, 맛이 간 생선의 눈을 하고 있는 리테.

"우에에에에엥!"

돌연 생각난 듯 두 손으로 얼굴을 감싸 쥔 채로 펑펑 울기 시작했다.

"…정말이지, 정말이지……!"

무릎을 모은 채로 고개를 파묻고 리테는 운다.

"…다들 너무해요오오오."

라고 해도 가장 너무한 것은 리테.

하지만 자신이 저지른 현실에는 눈을 돌린 채로 그녀는 세상을 원망한다.

매정한 단테.

포악한 피아레.

어딘지 무서운 아리사.

도무지 알 수 없는 이리스.

"우에에에에에엥!"

깊어가는 것은 서러운 마음.

골이 파이는 것은 세상에 대한 원망.

그렇게 얼마나 울었을까?

"리테."

돌연 부르는 목소리에 깜짝 놀라 고개를 드니 어딘지 씁쓸한 표정의 단테가 서 있었다.

단테는 주변을 잠시 돌아보더니 이윽고 한숨을 내쉬고는,

"돌아가자."

한 손으로 손수건을 내밀며 말했다.

"…네."

단테는 손수건을 받아 든 채로 울먹이는 리테의 머리를 쓰다듬었다.

"흐윽! 단테님!"

그 모습에 돌연 감정이 복받친 리테는 단테를 껴안은 채로 흐느꼈다.

“그래.”

그저 가볍게 고개를 끄덕이며 단테는 리테를 안은 채로 허공에 떠올라 펜션으로 향했다.

힐끗 돌린 시야에 들어온 일대를 보며 단테는 속으로 생각한다.

‘이 녀석, 의외로 유용할지도.’

안단테
칸타빌레

## 닫는 이야기

국경이 내려 보이는 어느 절벽 위.

맞닿은 곳은 멜로디 왕국.

절벽 위의 높여진 고목 위에 한 발을 척 올리며, 왼손을 치켜 올리는 소녀는 누가 봐도 엄청난 미인.

그녀의 이름은 멜로디 아피아체레 마르치알레.

정의의 외길 인생.

그러나 그 정의는 몹시도 본인 한정.

"드디어 도착했습니다!"

감격한 듯이 중얼거리는 피아레.

그 뒤에 다소곳이 손을 모으고 서 있는 여자는 공손한 어조로,

"…축하드려요, 아가씨."

말하며 박수를 친다.

그녀의 이름은 아리사.

청초한 미모의 만능 하우스 메이드.

"여기가 멜로디 왕국이군요!"

두 팔을 바둥거리며 소란스럽게 말하는 여자는 리테.

화려한 금발의 스타일까지 좋은 미인이지만 사실 그녀의 정체는 골드 드래곤.

"그렇다요!"

리테의 옆에 있던 꼬마 아가씨는 힘껏 고개를 끄덕이며,

"멜로디 왕국이다요!"

리테와 손을 마주 잡고 팔짝팔짝 뛰기 시작한다.

누가 봐도 머리를 쓰다듬고 싶은 귀여운 이리스이지만, 사실은 아이리스라는 자칭 천재 미소녀 마도사에 의해 만들어진 호문클루스.

"그럼!"

서장을 열 듯이 외치는 피아레의 말에 셋은 동시에 고개를 끄덕이고,

"멜로디 왕국으로!"

힘차게 외치며 절벽 아래로 달리기 시작했다.

그리고,

"멜로디 왕국의 재건."

그런 그녀를 무진장 불안한 시선으로 내려다보며 한숨을 내

쉬는 남자.

　누가 봐도 평범함으로 똘똘 뭉친 지극히 평범한 남자.

　"…정말 이 저 녀석들로 가능할까?"

　무진장 걱정되는 단테였다.

　그래도,

　힘내라, 단테!

　왕국의 부활까지 앞으로 한 걸음!

　"…일 턱이 없잖아아아아앗!"

　어딘가에서 들려오는 소리에 저 하늘을 올려다보며 울부짖는 단테를 배경으로,


　멜로디 왕국의 재건은 이렇게 시작됩니다♡


『안단테 칸타빌레』 1권 끝

질풍가
사우 新무협 판타지 소설
FANTASTIC ORIENTAL HEROES

# 초등학생이 반드시 읽어야 할 좋은 책 49권

각 학년별로 초등학생이 반드시 읽어야할 좋은 책을
선정하여 통합논술의 기본이 되는 '올바른 독서법'을
일깨워 줍니다.

## 교과서와 함께하는
## 초등학교 통합논술

초등1학년 | 값 12,000원 / 초등2학년 | 값 9,500원 / 초등3학년 | 값 11,000원 / 초등4학년 | 값 9,500원 / 초등5학년 | 값 9,500원 / 초등6학년 | 값 11,000원

### ♣ 혼자 할 수 있어요.

엄마가 책 읽는 방법을 가르쳐 주어도 좋아요.
독서지도하는 선생님이 가르쳐 주어도 좋답니다.
"초등 교과서와 함께하는 **통합논술 시리즈**"는
아이 스스로 독서할 수 있도록 꾸며진 책이에요.
엄마와 선생님은 요령만 가르쳐 주시면 된답니다.

### ♣ 교과서의 중요한 내용이 총정리되어 있어요.

각 학년별로 중요한 교과 내용이 함께 수록되어 있어요.
초등학생은 교과서 내용을 충실하게 공부해야 합니다.
아울러 그와 병행한 독서가 대단히 중요하지요.
"초등 교과서와 함께하는 **통합논술 시리즈**"는
두 가지 방법 모두 알려준답니다.

### ♣ 이 책은 훌륭하신 선생님들이 함께 쓰신 책이랍니다.

동화작가 선생님들이 쓰셨어요. 소설가 선생님도 쓰셨답니다.
국어 논술독서지도 선생님들도 함께 쓰셨지요.
"초등 교과서와 함께하는 **통합논술 시리즈**"는
엄마의 마음으로 모든 선생님들이 함께 꾸민 책이랍니다.

# 입소문을 통해 아는 분은 다 알고 계십니다!
# 올 한해 공인중개사 최고의 화제작!

## 수험생 기본 필독서
# 만화 공인중개사

**제목 : 만화공인중개사 쓰신 분에게 감사드립니다.**

학원을 두 달 다녔어요. 근데 과연 그 숫자 외우기 그런 게 몇 문제나 나올까 생각을 했어요.
아니라는 생각이 드네요. 학원강의를 뒤로하고 서점을 갔어요. 내 머리에 가장 이해될 수 있는
책이 없나 하구요. 거기서 만화를 발견했어요. 무조건 세 번 봤어요. 3개월 걸렸어요. 문제집을 보라고
했는데 그건 시행을 못했어요. 근데 합격을 했네요.
어떻게 감사의 말을 해야 될지……
도서관에서 만화책 들고 다니니까 사람들이 비웃더라구요. 만화책으로 공인중개사를 공부한다고
미친 사람처럼 보더라구요. 근데 그거 다 감수하고 했던 내가 자랑스럽습니다.
어떻게 감사의 말을 해야 할지… 정말 감사합니다.
부디 행복하세요. 제 나이 41살에 좋은 스승을 만난 것 같습니다.
엎드려 감사드립니다.

—본사 홈페이지에 독자분이 올린 메일 中에서 발췌—